小学館文庫

春風同心十手日記〈五〉

深い執念

佐々木裕一

小学館

目次

主な登場人物

夏木慎吾《なつきしんご》……江戸北町奉行所定町廻り同心。天真一刀流免許皆伝。
父親は榊原主計頭だが、正室の子ではないため母の実家夏木家で育ち、
祖父の跡を継いで同心になった。
明るい性格。正義感にあふれ、町中で起きる事件に立ち向かう。

榊原主計頭忠之《さかきばらかずえのかみただゆき》……江戸北町奉行。
慎吾の存在が妻にばれることを恐れ、真実を知る娘の望みを聞く。

久代《ひさよ》……忠之の妻。今のところ穏やか。

静香《しずか》……忠之の長女。明るい性格で、慎吾のことを兄として慕っている。

作彦《さくひこ》……夏木家の中間。忠臣で、慎吾のためならなんでもする。

五六蔵《ごろぞう》……深川永代寺門前仲町の岡っ引き。慎吾の祖父に恩がある。
若い頃のことは今のところ謎で、やくざの親分だったとの噂もある。

千鶴《ちづる》……五六蔵の恋女房で、旅籠「浜屋」を切り回している元辰巳芸者。
五六蔵に金の心配をさせず、下っ引きも養っている。

松次郎《まつじろう》……下っ引き。伝吉の兄貴分。

伝吉《でんきち》……浜屋住み込みの下っ引き。足が速い。

又介《またすけ》……下っ引き。浜屋で楊枝を作る。女房のおけいと大店を持つのが夢。

田所《たどころ》 兵吾之介《ひょうごのすけ》……江戸北町奉行所筆頭同心。
慎吾と忠之が親子であることを知る数少ない人物。

国元華山《くにもとかざん》……霊岸島川口町に診療所を構える二代目町医者。
勤勉で、人体の秘密を知るため腑分けをする。

春風同心十手日記〈五〉 深い執念

第一章　春の嵐

一

庭の夜桜が、祝言のめでたい席に花を添えている。

裃《かみしも》を着けた新郎と、白無垢《しろむく》の花嫁が上座に並び、皆から祝福を受けて幸せそうだ。

祝言を挙げたのは、夏木慎吾《なつきしんご》の同僚の中村広茂《なかむらひろしげ》なのだが、同僚といっても大先輩で、今年三十八になった。

気楽でいい、と言って妻帯を拒んで今日まで独り身だったのだが、十五ほども年下の妻を娶《めと》ったのだ。

北町奉行所では近年にない祝いごとで盛り上がる中、筆頭同心の田所兵吾之介《たどころひょうごのすけ》などは、慎吾の袖を引っ張って口を尖《とが》らせる。

「見てみろ。まるで親子だ。お菊《きく》さんは、なんとも奇特なお人だな」

本人は小声のつもりでも、酒が入っているだけに声が響く。

慎吾は焦った。

酒宴の笑い声で二人には届いていないらしく、中村はお菊と顔を見合わせ、幸せそうに微笑《ほほえ》んだ。

「羨ましいか」

田所に言われて、慎吾は笑って誤魔化した。三十を過ぎても、所帯を持つ気がまったくないからだ。

「わしは羨ましいぞ」

田所はまた口を尖らせ、中村に羨望の眼差《まなざ》しを向ける。

「よく言いますよ。澄江《すみえ》殿をいつも自慢しているくせに」

「まあな」

田所は愉快そうに笑い、飲めと言って酒を注《つ》いでくれた。

慎吾の隣で黙然と酒を飲んでいた同輩の田崎《たざき》が、腕をたたいてきた。

注いでもらったばかりの酒がこぼれてしまい、慎吾が迷惑そうな顔を向けると、田崎は納得いかぬ様子で言う。

「お前は、二人の仲を知っていたのか」

「どうした。不機嫌だな」

「当然だ。お菊さんは、八丁堀の同心たちの憧れだからな。しかも、相惚《あいぼ》れらしいじゃないか。いつの間にあの二人はそういう仲になっておったのだ」

慎吾はいやな顔をした。

「そういう言い方はよせよ」

「おれはな、中村さんに、そろそろ妻をもらわないと寂しい老後になると言っていたのが先月の酒宴の席だぞ。それがどうだ、黙っているとは水臭いではないか」

「中村さんにしてやられたと思っているのだな。わかったわかった。そう言わずに飲め、祝い酒だ」

田崎は酌を受け、飲まずに慎吾を見てきた。

「お前も聞いていただろう。梅見の会の時は、祝言のことなど一言も言わなかったのだぞ」

媒酌人である与力の松島宗雄《まつしまむねお》から二人のなれそめを聞いていた慎吾は、笑って応じる。

「当然だ。あの時は中村さん本人も、まさか一月後に祝言を挙げるとは夢にも思っていなかったのだからな」

田崎が下顎を出す。

「どういうことだ？」

慎吾は小声で教える。

「お菊さんは父親を早くに亡くした後母親も亡くされて、叔父夫婦に育てられただろう」

「それがなんだというのだ」

「中村さんは、世話になった先輩の娘であるお菊さんを気にして、時々様子を見に行かれていたそうだ。我が子のように思われていたようなのだが、お菊さんのほうから、中村さんに嫁がせてくれと、叔父夫婦に懇願したそうだぞ」

驚いた田崎は、上座に座している叔父夫婦に顔を向けた。

慎吾も見ると、村重《むらしげ》夫妻は終始にこやかにしており、お菊が嫁ぐことを喜んでいる。

「どうしてだ。どうしてそうなる」

ますます納得がいかぬ様子の田崎に、慎吾が言う。

「父親への憧れに似たようなものだと、松島様がおっしゃっていた」

すると田崎は、がっくりとうな垂れた。

「そういうことなら、おれなど初めから眼中になかったのだな」

黙って聞いていた田所が、田崎の肩をたたいた。

「お前はまだ若い。きっぱりあきらめて飲めよ」

「はい」

悲しそうに返事をした田崎は酒を一口で流し込み、慎吾に酌を求めて盃《さかずき》を差し出した。

いっぽう、皆の祝福を受けて照れている中村は、落ち着かぬ気持ちでいた。

同心仲間に囲まれているからではない。

花嫁衣装を着て、ややうつむき加減にしているお菊の美しさに、がらにもなく緊張していたのだ。

そんな中村を、そっと庭先から見ているのは五六蔵《ごろぞう》だ。

招いた中村は五六蔵と目が合うと、恥ずかしそうな顔で会釈をした。

笑みを浮かべて応じた五六蔵は、慎吾に見つかる前にその場を離れ、感涙を拭って浜屋《はまや》に帰った。

夜も更けてお開きとなり、中村とお菊は二人きりになった。

組屋敷で共に暮らす下男下女は、今宵《こよい》からしばらく、親戚の家に泊まりに行くことになっている。中村は、年の離れた新妻と向き合い、改めて顔を見つめる。

「お菊」

「はい」

「そなたを妻にできたわたしは、果報者だ。今日からよろしく頼む」

「一つ、お願いがございます」

「なんだ」

「命を大切にしてください」

両親を早くに喪《うしな》っているだけに、この言葉には重みがあった。

中村は気を引き締めて応じる。

「御奉行にお願いして、吟味方に異動となった。そなたを悲しませるようなことはしないから安心してくれ」

お菊は安堵《あんど》の笑みを浮かべてうなずき、夫に寄り添った。

「お菊」

新妻は顔を上げた。

中村は緊張のあまり、ごくりと喉を鳴らし、頬にそっと手を差し伸べる。肩を抱こうとした時、お菊の腹がぐうっと鳴った。

慌てて腹を押さえるお菊に、中村は微笑む。

「腹が減ったのか」

「いえ。気が緩んだせいでしょう」

「確かに、気が張りっぱなしだったな。皆とは気心知れた仲だが、祝言と思うと妙に照れくさい。なぜだろうな」

「男女の契りを交わすことを教えるようなものだからかしら」

お菊は恥ずかしげもなく言っておいて、はっとした。

「つまりその、夫婦として、今日から共に暮らすことを宣言することだから、そういう意味で」

そう言って顔を赤くするのをお菊らしいと思う中村は、お菊を抱き寄せた。

「明るく、笑いの絶えぬ家にしよう」

「元気な子供たちに囲まれて」

「うむ。わたしはこの歳《とし》だ。子供は早いうちにほしい。早く隠居して、お菊と二人でのんびり旅をしたいものだ」

お菊はくすりと笑った。

「隠居などと、気が早うございます」

「隠居して夫婦で旅をするというのは、同心にとっては何より幸せなことなのさ」

中村がそう言うと、お菊が不安そうな顔をした。

「心配するな。わたしは長生きして、楽隠居すると決めているのだ。子を立派に育てて、真面目に勤めに励んでいれば叶《かな》う」

中村はお菊の手をにぎった。

「そなたの父上も、きっと喜んでくださっているはずだ。二人で幸せになろう」

お菊は涙を浮かべた顔で中村を見上げ、瞳を閉じた。

二

指でこめかみを押さえながら出仕する慎吾に、中間《ちゅうげん》の作彦《さくひこ》が後ろから声をかける。

「旦那様、飲み過ぎですか」

「祝言のあとで、田崎の自棄酒《やけざけ》に付き合ったのが間違いだった」

「お菊さんは八丁堀に咲く百合《ゆり》だと言われて、誰もが憧れる存在でしたからね。お気持ちはわかります。目が向いてらっしゃらない旦那様にはわからないでしょうけど」

慎吾は振り向いた。

「ということは、作彦も悲しんでいるのか」

「わたしのような者には高嶺《たかね》の花でございますが、夢を見させていただきました」

あっけらかんと言う作彦に、慎吾は笑って前を向く。呉服橋《ごふくばし》御門内の北町奉行所に到着すると、詰所に入って今日の役目に就いた。

文机《ふづくえ》に座って書き物をしていると、母屋から詰所に戻ってきた田所が声をかける。

「慎吾、御奉行がお呼びだ」

「昨夜はごちそうさまでした」

居住まいを正して礼を述べると、田所が笑みで応じる。

「いいから急いで行け」

「はは」

慎吾は頭を下げて詰所を出ると、奉行の部屋に向かった。

障子が開けられている廊下に座り、

「お呼びでございますか」

声をかけると、登城の支度をしていた榊原主計頭忠之《さかきばらかずえのかみただゆき》が側近の家来を下がらせた。

「入れ」

座敷に入り、下座に正座する慎吾に、忠之は手招きする。

「近う」

「はは」

恐縮して近寄ると、忠之は手箱から袱紗《ふくさ》包みを取り出し、慎吾の前に差し出した。袱紗を開くまでもなく、幾ばくかの小判が包まれていることは見てわかる。

慎吾が引き取らずにいると、忠之が手を取ってにぎらせる。

ずしりと重い。

「本来ならあれだが、この程度しかできぬのだ。遠慮せず納めろ」

慎吾は、息子を想《おも》う父の気持ちが胸にしみた。

「では、遠慮なくいただきます」

頭を下げる慎吾の肩をぽんとたたいた忠之は言う。

「次は、そろそろお前の番だな」

なんのことかわからず顔を上げる慎吾に、忠之は微笑む。

「松島は、まだあきらめておらぬようだぞ」

「何をでございますか」

「まあいい。そのうちにな」

忠之は答えを言わぬまま登城していった。

それを待っていたかのように、静香《しずか》が障子の陰から顔を出す。

詰所に戻ろうとしていた慎吾は驚き、袱紗の包みを隠した。

「妹に隠すことないでしょう」

慎吾は耳目を気にして慌てた。

「お嬢様、誰かに聞かれます」

「誰もいませんよ。父上から何をもらったのですか」

「世話になっている五六蔵たちに渡す金子をいただきました」

「ふぅん」

腹違いの妹である静香は、遠慮なく袱紗の包みを取って重さを確かめた。

「もっともらってもいいのに、欲がないのですね」

「いやいや、十分過ぎるほどです」

「行きましょう」

「ええ?」

「奥に決まっているでしょ。母が呼んでいますから」

「奥方様がなんのご用です」

「美味《おい》しいお菓子があるそうです」

腕を引かれて、慎吾は仕方なく応じた。

顔を出してみれば、奥方の久代《ひさよ》はいささか意気消沈していた。

「これからは、易々《やすやす》とお茶に誘えなくなりますねぇ。寂しいこと」

ため息をついて黙ってしまう久代を前に、慎吾は勘繰った。

「中村さんが妻を娶られたからですか」

「中村殿とお茶を共にしたことなどありませんよ」

答えた久代の微笑が怖い。

「では、どなたのことです？」

「殿から何も聞いていないのですか」

松島があきらめていないことだと気付いた慎吾は、かぶりを振った。

「それがしは所帯を持つ気がありませぬから、これまでと変わりなく、お誘いくださいませ」

久代はそれでも機嫌をなおさず、寂しそうに頭を振る。

「そうはまいりませぬ。静香とあらぬ噂《うわさ》が立たぬとも限りませんから」

慎吾と静香は顔を見合わせ、静香が言う。

「母上、何をおっしゃっているのです？」

「とにかく、今日からは、二人は会わぬほうがいいでしょう。これまで密にしすぎた分、少しのあいだ風を入れなければなりませんよ」

久代は、慎吾と静香が夫婦になればいいと考えていただけに、松島が慎吾を婿に取ろうとしていることが周知されれば、娘が傷付くと思っているに違いなかった。

慎吾は返す言葉がみつからず、久代の言うとおり、静香とは会わぬほうがいいのかもしれぬと思った。考えてみれば、一介の同心が奉行の役宅に招かれることなど、よほどのことがなければあり得ぬ。今日までが特別だったのだ。

慎吾は、これまで気にかけてくれた久代に礼を言い、役宅から下がった。

「お待ちになって」

追って来た静香に、慎吾は微笑む。

「それがしは婿に入る気など毛頭ないのですが、奥方様がおっしゃるようにしたほうがよいでしょう」

「兄上……」

「しぃ、声が大きい」

静香がはっとして、声を潜めた。

「母上が勝手に思い込んでいるのですから、気にすることはありませぬ。これまでどおりにしますからそのつもりでいてください」

静香から無邪気に言われて、慎吾は内心ほっとした。妹と会えなくなるのは寂しいと、こころのどこかで思っていたからだ。

「聞いているのですか、兄上」

「わかりました」

慎吾は明るく応じて、役宅をあとにした。

その足で表門に向かった慎吾は、待っていた作彦と共に市中に出ると、永代橋《えいたいばし》を深川《ふかがわ》に渡った。

今日のお勤めは暮時までと定まっているので、何もなければ、夜は家でゆっくりできる。そう思うと二日酔いも忘れて足取りも軽くなり、慎吾は無意識に鼻歌を歌いながら通りを歩んでいた。

そんなあるじに、先に立って露払いをしていた作彦がぷっと吹き出した。慎吾が口ずさむ歌の調子があまりに酷《ひど》いからだ。いわゆる音痴というやつだが、本人は気付いていない。

慎吾は、笑われているとも知らずに上機嫌で歩んでいたのだが、突然右腕をつかまれたかと思うと、ものすごい力で暖簾《のれん》の内側に引っ張り込まれた。

作彦が振り向いた時には姿がなく、

「あれ、旦那様？」

あたりを見回したが見当たらず、来た道を引き返した。

暖簾の外に作彦を見た慎吾は、声をあげて助けを求めようとしたのだが、太い腕を後ろから首に巻きつけられてもがいていた。

「お、おい、く、くるじぃ」

慎吾は腕をたたいて、緩めてくれと頼んだ。

「離すもんですか。あたしというものがありながら、祝言を挙げるなんて」

つんと鼻をつく匂い袋を香らせているのは、土産物屋の女将《おかみ》のお秀《ひで》だ。祝言を挙げたのが慎吾だと思い込み、浮かれた顔で歩いているのを店先に見かけて襲ったのである。

戻ってきた作彦が暖簾を分けて覗《のぞ》き込み、白目をむいている慎吾を見てぎょっと

ろぼろだ。

慎吾は地べたに尻餅をつき、必死の形相で息をした。鬢《びん》も着物も乱してぼ
慌ててお秀に飛びかかり、離せ離さぬの大騒ぎをしてようやく引き離した。

「旦那様！」

した。


「とんでもねえ野郎だ。おい、お秀、旦那様を殺す気か」

作彦が怒鳴ると、お秀はぷいっとそっぽを向き、

「出ていっておくれ。もう顔も見たくないんだから」

言うなり、奥へ引っ込んでしまった。

そこへ外から戻ってきた女中が、慎吾のありさまを見て悲鳴をあげた。

髪が乱れている慎吾は不服そうに言う。

「人を落ち武者みたいに言うもんじゃないぞ」

女中は申しわけなさそうに手を合わせた。

「慎吾の旦那とは思いもせずつい……。いったいどうなされたのですか」

「どうもこうもねぇよ。旦那様を引きずり込んで、首を絞めやがった」

作彦が訴えると、女中は、そんな馬鹿なと言って信用しなかった。

「女将さんは夕べ、旦那の祝言の日だとおっしゃって確かに悲しんでおられましたが、祝い酒だとおっしゃって飲まれて、休まれる頃には機嫌がよくなっていたんですから」

「なんだそりゃ。わけわかんねえなぁ」

作彦が首をかしげて店の奥を見ると、慎吾に手を貸した。

「旦那様、大丈夫ですか」

「ああ、もう大丈夫だ」

立ち上がった慎吾は、作彦に埃《ほこり》を払ってもらい、額の汗を拭った。

「あれ、旦那様これは」

作彦が羽織の袖を持ち上げた。中に何か入れられている。

「うむ?」

手を入れてみて、

「あの野郎、いつの間に」

慎吾は店の奥に目を向けた。

袖の中には、金五両の包金が入っていたのだ。

「お秀！　おい、お秀！」

「帰っておくれと言っただろう」

襖《ふすま》の奥から声がした。

「そうはいかん。とんだ勘違いをするな。祝言を挙げたのはおれじゃなくて、同僚の中村さんだ」

そう言うと、襖がゆっくり開けられて、じっとりとした目で睨《にら》まれた。泣いていたのか、目を赤くしている。

「それ、ほんとう」

「ああ嘘《うそ》じゃない」

するとお秀はぱっと明るい顔になり、奥から出てきた。

「やだ、あたしったらてっきり、旦那がお嫁さんをもらったと思ってましたよ」

「この金は、置いておくぞ」

「いいんです。いつもお世話になっているんですから取っておいてください」

「それはだめだ。お前さんは、先代から引き継いだ店を立派に守っているんだ。気持ちだけ、ありがたくいただいとくぜ」

するとお秀が、不機嫌な顔で見上げた。

「そのお金は、どうってこともないお金さ。一度渡した物を引き取ったら死んだおとっつぁんに叱られるから、受け取っておくれよ」

「だからな……」

「そんなことよりさぁ、よかったよ旦那。あたしはてっきりお嫁さんをもらったと思って一晩泣いていたんだから。ああ、安心した」

「とんだ勘違いだ。首が痛くてしょうがないぞ」

「ごめんなさい」

べろを出すお秀に金を返した慎吾は、作彦に髷《まげ》を整えてもらい、表に出た。

作彦が横に並んで言う。

「旦那様、せっかくくれると言うのに、かたくなに返さなくてもよろしいのではないですか」

「お前は、なあんにもわかっちゃいないな」

「へ？」

「お秀の店はな、近頃客足が遠のいて台所事情が厳しいんだ。そんな時に、勘違いの祝い金を受け取れるものか」

「店が危ないという噂は耳にしていますが、そんなに悪いので？」

「このあたりも土産物屋が増えたからな。しのぎを削り合っているせいで、お秀のところのように小さな店は厳しいだろう」

「それじゃあ、景気がいいのは、五六蔵親分のところの近くにある安田屋《やすだや》だけってことですか」

「まあ、あそこは別格だ。場所もいい、扱う品もいいときているからな。何といっても、蜆《しじみ》の佃煮《つくだに》が絶品だ。あれだけを買いに、大川を渡って来るものがいると言うからな」

「なぁるほど。それじゃあ、お秀さんのところは何がいけないんですかね。あそこで売っている昆布の佃煮は旨いのに。あたしは好きですよ」

「商売のことはさっぱりわからん。佃煮が好きなら、お秀のために浜屋の女将に訊《き》いてみるか。何かいい案が出るかもしれぬぞ」

「それはいいですね。丁度ほら、浜屋が見えてきましたよ」

三

「ごめんよ」

慎吾が声をかけて浜屋に入ると、帳場にいた千鶴《ちづる》が顔を上げた。

「あら慎吾の旦那、いらっしゃい」

「なんだか静かだが、とっつぁんは留守か」

「ええ、いま出かけています」

「何か問題でも起きたのか」

「いいえ、皆を連れて、お蕎麦《そば》を食べに行ってるんですよ」

「そういやぁ、もう昼だな」

「呼びに行かせましょうか」

慎吾は首を横に振る。

「いやいい。ちと女将に用があって来たんだ」

「あら嬉《うれ》しい。何です？」

「うむ、お秀のことなんだがな」

「お秀さんが、どうかしたんですか？」

「近頃、客足が遠のいていると聞いたものだからな、何かこう、客を呼び戻すいい手がないかと思ったんだが、商売のことはからっきしだからよ、女将なら、何かいい考えが浮かばないかと思ったわけだ」

「ああ、そのことなら聞いていますよ。でもね、大丈夫ですよ」

「どうして？」

「安田屋さんが、土産物屋を一軒も潰さないようにと、救いの手を差し伸べられましたから」

慎吾は不思議に思った。

「商売敵を助けるとは、どういうことだ」

「なんでも、一店だけが客を独占しないように、それぞれの店で人気がある品物を出し合って、どの店も同じ品物を並べられるようにするらしいですよ。株仲間になるのが条件だそうですけど」

いわゆる、同業者が集まる組合のことだ。

「安田屋は随分太っ腹だな」

「ここで商売をしてもう長いとはいっても、元は上方商人ですから、気を遣っているんじゃないですか」

「ふぅん、腰が低い安田屋らしいと言えばそうだな」

「よくできたお人で、深川になくてはならない人だって、親分も言ってますよ」

「まっ、お秀の店が潰れなけりゃ安心だ。作彦、よかったな」

「はい」

喜ぶ作彦を見た千鶴が慎吾に問う。

「お秀さんと何かあったんですか」

「いやいや、受け持ちの店がなくなるのは寂しいと思っただけだ」

安心した慎吾は、邪魔したなと言って帰ろうとすると、千鶴に引きとめられた。

「せっかくいらしたのですから、お昼を食べて行ってくださいな」

「いや、今日は急ぐからな」

慎吾が断ると、作彦がしゃしゃり出て言う。

「旦那様は二日酔いで、早く帰りたいのですよ」

千鶴が納得した。

「昨日の祝言ですね」

慎吾が笑顔で応じる。

「耳に入っていたか」

「なんでも親子ほど年下のお嫁さんをもらったとか」

「親分から聞いたのか」

「いいえ、親分は知らなかったようです」

「そういえばおれが言っていなかった。女将は誰から聞いたのだ」

「お客さんからです」

慎吾は驚いた。

「中村さんには口止めされていたが、広まっているのか」

今度は千鶴が驚いた。

「え、そうだったんですか？」

「うむ。歳が離れているのを気にされてな。初めは恥ずかしいとおっしゃっていたが、昨日は幸せそうだったぞ」

千鶴は目を細めた。

「そりゃそうでしょうとも。若い女房をもらって嬉しくない人なんていませんよ」

慎吾の背後で訪《おとな》う声がしたのは、その時だ。

「ごめんくださいまし」

「あら、安田屋さん」

噂をすればなんとやらで、千鶴が慎吾に目を合わせた。

「こちらへどうぞ。親分でしたらもうすぐ戻ると思いますから、お茶でも飲んで待っていてくださいな」

「いえ、今日はその、夏木様にごあいさつを。こちらにお入りになるのを見かけたものですから」

遠慮しながら中に入り、慎吾の前に来ると頭を下げた。

「夏木様、このたびはおめでとうございます」

「ありがとよ。と言いたいところだが、嫁をもらったのはおれじゃなくて中村さんだ」

安田屋幸右衛門《さちえもん》は頓狂な声をあげた。

「中村様？　でもお秀さんがそう言っていましたよ」

「とんだ思い込みだ」

「なんだそうでしたか。急いで持って来て損をしました」

手に持っている袱紗包みを見て言う幸右衛門に、千鶴が言う。

「もしかして、お祝いを持って来られたのですか」

「はい。でもまあ、せっかくですから夏木様、どうぞお受け取りください」

慎吾は苦笑いをした。

「おいおい、いくらなんでも受け取れないぞ」

「日頃受け取っていただけないのですから、今日ばかりはなんとしても、受け取っていただきます」

強引に手を取って、包みを置かれた。

「重いな！」

慎吾は、幸右衛門の金銭に対する考え方の違いに呆《あき》れて、言葉も出なくなった。

「どうなされたので？」

下から覗き込む幸右衛門に困り果て、慎吾は千鶴に助けを求める顔を向ける。

千鶴は笑って応じる。

「安田屋さん、慎吾の旦那はお金が嫌いなんですから、大金を積めば積むほど嫌われますよ」

「ええ！」

安田屋が目をしばたたく。

「お金が嫌いな人がこの世の中にいるのですか」

慎吾は真面目な顔で応じる。

「金は時に人を惑わせるからな。特に、こういった付け届けは役人にとって毒になるとおれは思っている」

「ははあ」

幸右衛門は、珍しい物でも見るような目で慎吾を見ている。

その幸右衛門の袖を千鶴が引っ張った。

「次からは、甘い物にすればいいんですよ。旦那はお好きですから」

「あ、なぁるほど」

「そういうことだ。この金はおれにくれたと思って、お秀を助けるために使ってやってくれ。そのほうが、深川のためにもなる」

「お秀さんのことでしたら、もう大丈夫ですよ」

「いいから、そうしてくれ。な、頼んだぜ」

「は、はあ」

大柄な身体《からだ》つきの幸右衛門が、小さく身を丸めて頭を下げた。

「世話になる」

そう声をかけて、客が入ってきた。

慎吾は客の顔を見るなり気を引き締めた。

総髪を茶筅《ちゃせん》に束ねた浪人風の男は、年は四十をとうに超えていようか。着物も袴《はかま》も薄汚く、目つきも鋭い。何か、悪事に手を染めていそうな気配を漂わせている。

客に分け隔てをしない千鶴は、詮索する慎吾の前を塞ぐようにして、明るい声で応対した。

「お一人様ですか？」

「うむ」

「では、こちらへどうぞ。おなみ、お客様ですよ」

「はぁい」

仲居のおなみが洗い桶《おけ》を持って来ると、浪人者の足を洗い、部屋に案内した。

浪人者は無愛想な顔でおなみを見ていたが、部屋に上がる前に、慎吾と幸右衛門をじろりと見た。

幸右衛門が恐れたような声で言う。

「それじゃ、夏木様、わたしは失礼します」

「おう、今夜は戸締りをしっかりしておくんだぜ」

慎吾は、浪人者に聞こえるように声を張った。

「どうしたんです、怖い顔をして」

千鶴に言われて、慎吾は腕組みをした。

「人相が気にくわぬ」

「ええ？」

「今の浪人風だ。ただの泊り客じゃないような気がする。念のため、気をつけたほうがいい。とっつぁんにも言っておいてくれ」

「旦那がそうおっしゃるなら、そうしましょう」

千鶴は半信半疑のようだったが、慎吾は念を押して帰った。

五六蔵たちが帰ってきたのは、慎吾と作彦が帰って程なくのことである。

今の今まで慎吾がいたことを聞いて、五六蔵は一足違いだったと残念がり、膝をたたいた。

「今のお気持ちを聞けませんでしたね、親分」

「おう」

「親分、いったいなんのことだい?」

問う千鶴に、伝吉《でんきち》が言う。

「中村様に先を越されたから、慎吾の旦那が焦ってらっしゃればいいと親分は思っているんです」

蕎麦を食べるあいだ中、そのことでもちきりだったと口を滑らせて、千鶴を呆れさせた。

「慎吾の旦那はまだ若いから、心配をするだけやぼってもんですよ、親分」

「そりゃそうだがよ、旦那は女っ気がまったくないから心配でならねぇ。こうなったら吉原《よしわら》にでもお連れして、女の魅力に気付いていただこうか」

「旦那はそこまでうぶじゃないさ。なんだかんだ言って、自分が行きたいだけじゃないのかい」

千鶴に睨まれて、五六蔵はとぼけたようによそを向く。

「さすが女将さんだ、全部お見通しだね」

伝吉が言ったものだから、

「馬鹿この……」

五六蔵が頭をぽかりとやった。

「それより親分……」

千鶴が、慎吾が言ったように、怪しい浪人者が上にいることを告げた。

「旦那は鼻が利くからな」

五六蔵はそう言うと天井を睨み、顔を拝んでやろうと言って、一人で二階に上がった。

障子の前に座り、笑顔を作る。

「ごめんくださいまし、この宿のあるじでございます」

板に付いた口調で言うと、返事を待って障子を開け、頭を下げる。

「このたびは浜屋をお選びくださり、ありがとうございます」

などと言いながら顔を上げた五六蔵は、浪人者の顔を見てぎょっとした。

そんな五六蔵に、浪人はいぶかしそうな顔をして見ていたが、思い出したらしく仰天して指差した。

「ま、まさか旦那」

「やっぱりおめえか！」

思わず声が出た五六蔵は口を押さえて階段をうかがい、誰もいないことを確かめると、

「何しにきやがった」

小声で、浪人者を叱った。

浪人者は、千鶴に見せていた表情とは打って変わり、弱気を面に出す。

「生きていると手紙をいただいて以来だというのに冷たい言いぐさですね。旦那こそ、こんなところで何をしなさっているんです」

「旦那と呼ぶな」

浪人者は首をすくめて五六蔵の腰を見た。

「朱房《しゅぶさ》じゃない十手とはどういうことです。まさか岡っ引きに成り下がったのですか」

「一度は死んだこのおれだ。今は恩返しだと思ってやっている」

「そうですか。まさかこんなところでお目にかかろうとは、捜す手間が省けました」

「おれに会いに江戸に戻ったとでも言うのか」

「半分はそうですよ。ちょいとお耳に入れておきます」

浪人者は身を寄せて、耳元でささやいた。

「三治《さんじ》が殺されました」

息を呑《の》んだ五六蔵は、浪人者を睨んだ。

「間違いないのか」

「はい。見つかった時には何日も経《た》っていたそうですが、こいつは仕返しじゃねぇかと」

「馬鹿を言うな。大昔のことだぞ」

「でも、ご存じのとおり奴《やつ》は執念深い。親分《おやぶん》の仇《かたき》を見つけてやったとしか考えられません」

上方で暮らしていたこの男は、名を伊蔵《いぞう》と言い、かつて五六蔵の手伝いをしていた男だ。五六蔵が江戸から遠ざけていたが、仲間であった三治が殺されたことを五六蔵に知らせるべく、浪人の身なりをして江戸へ戻ったのだろうか。

「ここでお目にかかれたのも、きっと三治が導いてくれたのです。ですから旦那、くれぐれも気をつけておくんなさい。他のお二人の残されたお子は、今何をされているのです」

「いい大人になっているよ」

「まさか、組屋敷も同じ場所ですか」

伊蔵は恐れているが、五六蔵は表情を険しくする。

「あり得ねえ。奴は島送りにされた仲間を助けようとして、八丈島《はちじょうじま》で死んだはずだ」

「でも、他に誰が三治をやるって言うんです」

「もし生きてやがったら、おれがこの手で……」

五六蔵が恨みに満ちた顔をしているのを見た伊蔵は、焦ったように言う。

「三治の仇を討とうなどと思わないでください」

「忘れたか。今のおれは御用聞きだ。とっ捕まえて獄門台に送ってやるから、雲《くも》の翔《しょう》の顔を知っているなら特徴を教えろ」

「いけません。決して油断しなかった三治が殺されたんですぜ。奴の殺しの腕はまったく落ちていないのですから、逃げてください」

「言うな。江戸から逃げるわけにはいかねえ。どんな野郎か教えろ」

「実はあっしも、若い頃に一度見ただけで、今町で出会ってわかるかと言われたら、旦那のことがすぐわからなかったのと同じで、自信がありません」

「おれはお前がわかったぞ。いいから教えろ」

伊蔵は、それもそうだと応じた。

「昔あの野郎は痩せていて、髑髏《どくろ》のような印象でした」

「そいつは不気味だな」

「これだけでわかりますか」

「わかるはずもない。痩せた男はいくらでもいるからな。で？　半分と言ったが、他になんの用がある」

「三治が殺されたから、逃げて来たんです」

五六蔵は探る目をする。

「ほんとうか。また悪さをしているんじゃねぇだろうな」

「しちゃいませんよ。落ち着いたら仕事を探すつもりです」

「だったらおれが紹介してやる。それまでここにいろ。ただし、みんなの前で気軽に話しかけるなよ。客のふりをしろ」

「もう客ですが」

五六蔵は笑い、それでいいと言って下に下りた。

残された伊蔵は、

「会っちまったものは、知らん顔ができるかよ」

聞こえぬ声で言うと仰向《あおむ》けになり、苛立《いらだ》ちの声をあげた。

四

その翌日。

「親分、何を考えているんです?」

伝吉に言われて、五六蔵は酒を飲み干した。

「なんでもねえよ。さ、飲め」

「ほんとに見張らなくて大丈夫なので?」

松次郎《まつじろう》に言われて、五六蔵は手酌を止《や》めた。

「誰を?」

「だから、今日も泊まっている上の客ですよ」

「どの客だ」

「どの客って、浪人者に決まってるでしょ」

「ああ、あの客なら大丈夫だ。旦那が心配されるような者じゃねえ」

「ほんとですかい」

「おれがこの目で確かめたんだ。悪さをするような者じゃねぇよ」

　昔の仲間だと言えるはずもなく、五六蔵は、心配する伝吉と松次郎を相手に酒を飲んでいた。

　そこへ、板前の徳治《とくじ》と仲居のおなみが顔を出し、二人並んで居住まいを正した。

「旦那様、それではこれで、失礼させていただきます」

「おお、今から行くのか」

「へい。明後日《あさって》の朝までには戻りますので」

「なぁに、あとは千鶴にまかしときゃいいってことよ。せっかくおなみの里へ行くんだ。ゆっくりして来な」

「ありがとうございます」

「徳さんも、いよいよおなみちゃんと所帯を持つんだねぇ」

　伝吉が言うと、徳治とおなみが顔を見合わせて、照れ笑いをした。

「仲がいいことで、羨ましいねぇ」

「伝吉、冷やかすんじゃねぇ」

　五六蔵に叱られて、伝吉が首をすくめた。

「それじゃ、行ってまいります」

「おう、品川《しながわ》は近いと言っても夜道だ。道中気をつけてな」

「へい」

徳治とおなみが出かけて行くのを見送った五六蔵は、嬉しそうな顔をして盃を空にした。

松次郎は先ほどから黙って酒を飲んでいるのだが、伝吉がその横へ膝を進め、肘でつつく。

「なんだい兄貴、暗ぁい顔して。おなみちゃんに気でもあったのかい」

「うるせぇ」

「なんだ、図星かい」

「馬鹿、そんなんじゃねぇよ。ただ……」

「ただ?」

「羨ましいと思っただけだ。おめえはまだ洟垂《はなた》れだからいいがよ。なんだか、置いてかれたような気がしちまって」

伝吉が目くじらを立てた。

「誰が洟垂れだよ。二つしか違わねぇだろ」

松次郎は聞かずに首《こうべ》を垂れる。

「ああ、おれも所帯を持ちてぇなぁ」

「馬鹿だね兄貴は」

「なんだと」

「所帯をもってみな、もう大手を振って遊べないよ。女郎屋にも行けなくなるんだよ。ねえ親分」

「ま、まあなぁ」

「おめぇと一緒にするな伝吉。親分もおれも、女郎屋になんざ、はなっから興味はねぇ」

「あらそうですか。せっかくいい娘がいるところを見つけたから一緒に行こうと思ったのに」

伝吉は、女郎屋の女の色が白いだの、顔立ちが上品だのと言って聞かせた。

するると、松次郎が態度を変えた。

「しょうがない、どうしてもって言うなら、付き合ってやってもいいぜ」

「結構です。おいら一人で行って来ますからね」

「そう遠慮するなよ」

にじり寄る松次郎の手を払い、伝吉が出かけようとしたところへ、襖が荒々しく開けられた。

血相を変えた千鶴が伝吉をどかせると、声を張り上げた。

「親分、大変だよ」

五六蔵は盃を投げ置いた。

「どうした」

「人攫《ひとさら》いだよ。表に来ておくれ」

尋常でない様子に五六蔵は膳を横にずらして立ち、伝吉と松次郎を連れて表に急いだ。

五六蔵の顔を見るなり、

「お、親分さん」

泣きそうな声をしたのは安田屋幸右衛門だ。共にいる番頭の庄吉《しようきち》は、顔を青ざめさせて震えている。

五六蔵が問う。

「いってぇ何があった。誰が攫われたんだ」

「庄吉の息子です」

「攫われたと、なぜわかる」

「夜になっても、戻ってこないのです」

番頭は近所の長屋に所帯を許されているのだが、日が暮れても帰らない息子を心配した母親がいつもの遊び場に迎えに行ったところ、空地には誰もおらず、息子の竹とんぼが落ちていたという。

人に攫われたのではないかもしれないが、幼子が夜更けになっても戻らぬのはただごとではない。

身を案じた五六蔵は、子分と手分けをして捜すことにした。

「伝吉、又介《またすけ》に声をかけて行け」

「がってんだ」

「松次郎は堀を捜せ」

「へい」

五六蔵は夜の町を走った。

番頭の庄吉の長屋は、永代寺門前東仲町《えいたいじもんぜんひがしなかちょう》にある。目の前に三十三間堂《さんじゅうさんげんどう》を拝む所にあるのだが、このあたりは岡場所も多く、夜になっても人通りは多い。

庄吉の息子は、三十三間堂の端《はた》の空地で遊ぶのが常だったというので、五六蔵たちはまず、その近辺を捜し回った。

「いたか」

伝吉と又介を見かけて訊《き》くと、息を切らせた二人が答える。

「だめだ親分、どこにもいませんよ」

「人に訊いても、見た者はいませんでした」

五六蔵は舌打ちをした。

「これだけ走り回っていないとなると、やっぱり人攫いの仕業か」

まずは町名主の手を借りようかと思っていると、松次郎が走ってきた。

「親分、親分！」

堀を探していた松次郎の慌てぶりに、五六蔵はいやな予感がした。

「どこの堀だ！」

先回りして訊くと、

「佃町《つくだちょう》です」

松次郎が指差して言う。

佃町の堀は目と鼻の先だ。

遊んでいて落ちたに違いないと思い、五六蔵は顔をしかめた。

「かわいそうに。引き揚げたんだろうな」

そう訊くと、松次郎がきょとんとした。

「生きてます。佃町の稲荷にいたそうです」

五六蔵と伝吉たちは安堵の息を吐いた。

「そいつを先に言わねぇか。脅かしやがって」

五六蔵に怒鳴られて、松次郎はぺこりと頭を下げる。

「すんません」

「兄貴、子供はどこにいるんで?」

伝吉が訊くと、

「使いの者が言うには、安田屋で休んでいるそうだ。親分、これは迷惑料だそうで」

松次郎は、小判三両の包みを五六蔵に渡した。

「おい、受け取るやつがあるか」

「断ったんですが、無理やり押し付けられて」

「しょうがねぇな。まあいい、話を聞きに行こうか」

急いで安田屋に行ってみると、子供は稲荷で泣いていたそうだが、怪我《けが》もなく、

「どうも、一人で行って、道に迷ったのではないかと思います」

番頭が恐縮して言うので、五六蔵は、母親に抱かれて眠っている子供の様子を見た。

確かに怪我はなさそうで、攫われたようではなかったので、

「気をつけてやりな」

五六蔵は母親に言い、引き上げることにした。

包金を幸右衛門に返そうとしたのだが、

「とんでもないことでございます。夜遅くに捜していただいたのですから、どうぞ、お受け取りを」

「そうかい。すまねえな」

五六蔵は素直に受け取って、伝吉たちと店をあとにした。

「すっかり酔いがさめちまったな。帰って飲みなおすとするか。又介、おめぇも一杯付き合って行け」

「はい」

五六蔵たちは、大事に至らなくて良かったと安堵して浜屋に帰った。

「おぉい、帰ったぜ。すまねぇが、熱いのをつけてくれ」

五六蔵は言いながら、上がり框《がまち》に腰かけて草履《ぞうり》を脱ぎ、足袋の埃をはらった。いつもなら千鶴が迎えに出てくるのだが、待っても出てこない。

「あの野郎、寝てやがるのか」

五六蔵がお勤めに出ている時、千鶴は必ず起きて待っている。

珍しいこともあるものだと思い、

「おおい、千鶴、酒をたの――」

襖を開けた五六蔵は、目を見張った。

両手両足を縛られた千鶴がもがいていたからだ。

「おいどうした！」

助け起こして猿ぐつわを取ってやると、千鶴が安堵の息を吐く。

「女将さん！」

伝吉が叫び、松次郎と又介が顔を見合わせ、慌てて駆け上がった。

五六蔵は紐《ひも》を解《ほど》いてやりながら問う。

「やった奴の顔を見たか」

手が自由になった千鶴は、着物の襟を引き寄せ、五六蔵に厳しい顔を向ける。

「慎吾の旦那が気をつけろとおっしゃった、あの浪人だよ」

「なんだと！」

千鶴は五六蔵の腕をつかみ、厳しい表情で目を見た。

「親分、あの人、伊蔵さんが、これは旦那への忠告だ、油断したらこれじゃすまないと言ってくれと詫《わ》びながら縛ったけど、どういうことだい」

「なんのことかわからねえ」

「親分、あたしの目を見て」

腕を引かれて、五六蔵は千鶴に微笑む。

「怪我がなくてよかった。そうだ千鶴、いつか箱根《はこね》の湯に浸《つ》かりたいと言っていたな。明日から行くか」

「怒るよ親分！」

「なんでもねえよ」

「そう。惚れた女房に隠しごとはしないって言ったのは嘘なんだね。そうですか」

「嘘じゃねえ」

「だったら正直におっしゃい！　伊蔵さんは、これが雲の翔だったら、女将さんの命はなかったと言ったんだよ」

五六蔵は昔の光景が目に浮かび、息をするのも辛《つら》くなった。

「親分？　親分どうしたの、しっかりして！」

千鶴の声が遠のいた五六蔵は、意識を失った。

五

中村広茂は、一日の勤めを終えて帳面を置き、腕を回して肩のこりをほぐした。

そこへ小者《こもの》が来て、これが届けられたと告げて文《ふみ》を差し出す。

差し出し人の名も、宛名もない真っ白な文に、中村はいぶかしむ。

「誰からだ」

「持って来たのは子供です」

「そうか」

小者を下がらせた中村は、封を切って文を取り出した。

光弘《みつひろ》の罰は　末代まで続く

二十年前に殺された父を恨む文言に、中村は絶句した。同時に菊の顔が目に浮かんだ中村は、同輩が心配するのに何も答えず奉行所を飛び出し、組屋敷に走った。

戻ってみると、帰る夫のために開けられているはずの表門は閉じられている。開けようとしたが中から閂《かんぬき》が落とされており、中村は裏に回った。

木戸を潜《くぐ》って勝手口から入ると、家の中はしんと静まり返っている。いつもなら竈《かまど》に火が入り、お菊が夕餉《ゆうげ》の支度に勤《いそ》しんでいる頃だ。

中村は土足のまま上がって奥へ急いだ。

「菊、いるなら返事をしろ」

お菊の部屋の障子を開けた中村は絶句した。恋女房が全裸にされて手足を縛られ、猿ぐつわを噛《か》まされてもがいていたからだ。

「菊！」

中村は刀を捨てて駆け寄り、お菊を助け起こした。

するとお菊は、目を見開く。

いきなり背中を打たれた中村は激痛に呻《うめ》いて倒れ、刀を取ろうと伸ばした手を踏みつけられた。

襲った者を見た中村は、怒りをぶつける。

「貴様が、父と母を殺したのか」

覆面で顔を隠した曲者《くせもの》は、充血した目で中村を睨んでいる。

「答えろ！」

怒鳴る中村に、曲者は腕を踏みにじる。その履物には細工がしてあり、鉄の鋲《びょう》が肉を裂いた。

「うわあ」

激痛に苦しむ中村に、曲者が告げる。

「御屋形様《おやかた》が夢に出て、わしを地獄へ送った者どもの血を絶やせとうるさいのだ。お前たちを生かしておいては、御屋形様が成仏できないのだよ」

「何を言うか。与一《よいち》が殺されたのは、自業自得ではないか。あのように惨《むご》いことをするから地獄に送られたのであろうが。逆恨みだ！」

腕を強く踏まれて、中村は歯を食いしばって呻いた。

曲者は中村を酷く痛めつけ、動けなくなったところで手足を縛って横向きにさせた。

意識が朦朧《もうろう》とする中村の前には、裸のお菊がいる。

曲者は中村に見えるように、お菊の首を絞めにかかる。

「やめろ、やめてくれ」

何もできぬ中村に、曲者は問う。

「わしが留守をしたあいだに御屋形様を殺した野郎が生きているのはわかっている。奉行所を追い出されたのはつかんだが、その先がどうもはっきりせぬからここへ来た。今どこにいるか教えてくれ」

「知らん」

曲者は、苦しんでいるお菊の顔を舐《な》めた。

「どうやら、お前さんより昔の仲間が大事らしいぞ」

曲者は馬乗りになって乳房を鷲《わし》づかみにし、中村を見る。

「いらぬなら、わしの女にしてやろう」

「やめてくれ。頼む」

「ならば居場所を言え」

「ほんとうに、誰が与一を殺したのか知らないのだ」

「嘘をつくな。お前が見習い同心だった時の話だ。知らぬはずはないだろう。名前はな……」

「聞いても、知らぬものは知らぬ。わたしは確かに見習いだったが、当時は父から出仕を止められていたのだ。確かにいなくなった人は何人かいらっしゃったが、何も聞かされないうちに、父はお前に殺されたんだ。だから知らぬ」

曲者はがっくりと首を垂れ、お菊から離れて立ち上がると、中村を見下ろす。

「まっ、お前たちを見れば、仇の野郎は御屋形様を思い出して、向こうから来るか」

言うなり曲者は、中村を見たままお菊の胸に刀を突き入れた。

「お菊！」

苦しむ妻を見て叫ぶ中村に、曲者が無情に告げる。

「大人しくしておれば死なぬ。こうなったのは、お前が役に立たぬからだ。恨むなら自分を恨め」

「おのれ！」

叫んだ中村は喉を斬られ、傷口を手で押さえることもできずに苦しんだ。

曲者はゆっくりとした足取りで去ってゆく。

中村は、少しでもお菊のそばに行こうとしたのだが、力尽きてしまった。

六

夜の見廻《みまわ》りの途中で浜屋に立ち寄っていた慎吾は、千鶴が浪人に縛られたと聞いて驚き、五六蔵を責めていた。

「雲の翔という名に覚えがあるなら、正直に教えてくれ」

「手前は何も知らないのです」

「とぼけるなよ。名を聞いた途端に気を失うほどだ。余程の相手だというのは子供でもわかる」

「あれは、千鶴を縛られたことで頭に血がのぼったせいです」

「なあとっつぁん、一人で抱え込むなよ」

慎吾がどうでも聞き出そうと腰を据えた時、座を外していた千鶴が慌てた様子で来た。

「旦那、華山《かざん》先生から使いが来ました。中村広茂様ご夫婦が何者かに襲われて、運び込まれたそうです」

「なんだと！」

先に声をあげたのは五六蔵だ。

千鶴をどかせて外へ出る五六蔵を追う形で慎吾は走る。

華山の診療所に入った五六蔵が、取り乱した様子で奥の部屋に行こうとしたのだが、出てきた華山が両手を広げて止めた。

「今落ち着いたばかりだから静かにしてちょうだい」

「先生、二人は無事ですか」

「ご新造の身体は大丈夫だけど、こころに深い傷を負っているから、そちらのほうが心配よ」

　慎吾が問う。

「中村さんは」

　華山は目を伏せた。

「なんとか命は助けたけど、二度と声が出せないわ」

「喉を斬られたのか」

「うん。あと少し遅ければ、助からなかった」

「雲の野郎……」

　怒りをあらわにする五六蔵を見た慎吾は、腕を引いて別の座敷へ入った。誰も近づけさせぬよう華山に頼み、二人きりになったところで、膝を突き合わせて座る。

　五六蔵は黙っているが、慎吾に何かを訊かれるのを恐れるように、目を泳がせて落ち着きがない。

「やった者に心当たりが——」

「旦那、すいやせん」

五六蔵は慎吾の言葉を遮り、辛そうに頭を下げた。

「中村さんとお菊さんが殺されかけたんだ。何も訊くなというのは承知できないぞ」

「わかっておりやす。おりやすが——」

「とっつぁん！」

慎吾は声を張った。

五六蔵は顔を見ようとせず、額に玉の汗を浮かべている。

やはり何も言おうとしないので、慎吾は口を開く。

「女将を縛って姿を消した浪人は何者だ」

「…………」

口を閉ざす五六蔵に、慎吾はさらに訊く。

「中村さんと因縁がある男なのか。奴の仕業か」

「そうじゃぁねぇです」

五六蔵は強い口調で、きっぱりと否定した。

「では何者だ。おれが気をつけろと言っても目を離したのは、顔見知りだからじゃないのか」

「勘弁してください。手前のことを申し上げたら、旦那のお手伝いができなくなるんです」

本所《ほんじょ》と深川のやくざたちが五六蔵を恐れるのに関わりがあるのだと察した慎吾は、無理に言わせてはほんとうに離れてしまう気がして、躊躇《ためら》いが生じた。

五六蔵が言う。

「中村の旦那ご夫婦を襲った野郎は、手前が必ず捕まえます」

やはり心当たりがあるのだと思う慎吾は、立ち上がって五六蔵の肩に手を置いた。

「もう訊かないが、女房や子分たちをお菊さんと同じ目に遭わせるようなことだけはするなよ。その気になったらいつでも言ってくれ。何を聞いても、おれはとっつぁんと離れたりしない」

「面目ねえ」

頭を下げる五六蔵を家に帰した慎吾は、中村が意識を取り戻すのを待った。

茶を持って来てくれた華山に、慎吾が問う。

「二人の様子はどうだ」

湯吞みを置いた華山が深刻な顔で応じる。

「中村様は、脈がようやく安定してきたわ。あとは目をさますのを待つだけだけど、お菊さんのほうは、さっきも言ったけどこころのほうが心配ね。何を聞いても、一点を見つめたままなの」

「恐ろしい目に遭ったのだ。今は無理もないが、いずれ良くなるんだろう」

華山は首を横に振った。

「今ははっきりそうとは言えないわ。男に襲われて同じようになった人を何人も見てきたから」

「その人たちは、今も悪いのか」

「こころの傷はそう簡単には消えないわよ。一年経っても、男の人を見ると呼吸ができなくなる人もいるわ」

「そんな状態の者に、襲われた時のことは聞けないな」

「今は無理だと思う。落ち着いた時に、咎人《とがにん》を捕まえてほしい気持ちが強くなればきっと話してくれるはずだから、今は様子を見るべきね」

「わかった、そうしよう」

表で訪いを入れる者がいた。

慎吾が応じて立ち上がる。

「田所様だ。おれが出るから二人のそばにいてやってくれ」

「わかった」

慎吾が表に行くと、戸口で立っていた田所が心配そうな顔をした。

「おお、慎吾来ていたか」

慎吾は不服をぶつける。

「八丁堀の組屋敷で襲われたというのに、どうして誰も来ていないのですか」

「そう言うな。つい先ほど知ったのだ。奉行所は大騒ぎだが、状況がわからぬから
わしが代表で来た」

慎吾は不思議に思った。

「見つけたのは、組屋敷の者ではないのですか」

「うむ。毎夕豆腐を届けに来る者が見つけて、駕籠屋《かごや》に助けを願いに走ったらし

い」

「なるほど、それでここに担ぎ込まれたのですか」

「それで？　二人はどうなのだ」

慎吾が華山から聞いた話をそのまま伝えると、田所は渋い顔をした。

「生涯しゃべれないだと……」

お菊の状態も心配し、襲った者への怒りを口に出した。

慎吾は、五六蔵が何かを知っているようだと言いかけてやめた。田所が五六蔵の過去を知っているはずもないからだ。そこで、まずは田所を座敷に案内して向き合い、気になっていたことを訊いてみることにした。

「中村さんは、誰かに恨まれているのでしょうか」

田所は渋い顔をして、羽織の袖から一枚の紙を出した。

受け取った慎吾は、声に出す。

「光弘の罰は末代まで続く……。この光弘とは、誰のことですか」

「中村さんの親父さんだ。わしが見習いになる前に亡くなられている。二十年前だそうだ」

「これを見る限り恨まれていたようですが、まさか、殺されたのですか」

「わしも気になって松島様に聞いてみたのだが、当時はまだ出仕されておらず、ご先代から何も聞かされていないらしい」

「記録は残っていないのでしょうか」

「それはまだ調べておらぬ」

「では、戻って確かめます。田所様は中村さんのそばにいてあげてください」

「目はさめそうか」

「なんとも言えませぬ」

「ではわしも戻る。御奉行にご報告せねばならぬからな」

うなずいた慎吾は、華山に中村が目をさましたら知らせるよう頼み、奉行所に急いだ。

書物蔵から二十年前の記録を引っ張り出して調べてみたが、中村の父親に関する記述が何もなかった。

忠之に報告をしに行った田所が戻ってきたので、慎吾は前に正座して告げる。

「どういうわけか、親父さんが亡くなる前の二年間のことが何も書かれていません」

「そのことで、御奉行がお前に話があるそうだ」

「御奉行は、何かご存じなのですか」

「行けばわかる」

田所は聞いたらしく、浮かぬ顔をして、どうも歯切れが悪い。

慎吾は応じて、奉行の部屋に向かい、閉められている障子の前で片膝をついて声をかける。

「御奉行、夏木です」

「入れ」

障子を開けると、忠之は一人だった。

手招きされた慎吾は、障子を閉めて歩み寄り、向き合って正座した。

「中村のことは聞いた。これの意味を知りたいようだな」

恨み節の紙を見せられて、慎吾は真顔でうなずく。

「話せば長くなる。今夜、例の店で一杯やりながらどうだ」

「承知しました。では、お待ちしています」

慎吾は下がり、詰所に戻ろうとしたのだが、そこへ田所が来た。血相を変えて尋常ではない。

「御奉行、中村さんが急変し、息を引き取ったそうです」

慎吾は目を見張った。

「そんな、華山は目をさますのを待つだけだと言いましたよ」

「目をさましたのがいけなかった」

「どういうことです」

「使いの者によると、無理に起きようとして喉の傷が開いたのだ。血が止まらず、どうにもできなかったらしい」

忠之が言う。

「中村のことだ。妻女を心配したのであろう」

「まさに……」

田所は涙を堪《こら》え、気持ちを落ち着かせて告げる。

「お菊さんも、あとを追うように息を引き取ったそうです」

慎吾が絶句し、忠之が辛そうに目を閉じて言う。

「夫の死を知ったのか」

田所がうつむいて応じる。

「お菊さんの目の前で倒れたそうで、夫を助けようとして、血を吐かれたそうです」

仲睦《なかむつ》まじい祝言の姿が目に浮かんだ慎吾は、襲った者への怒りが込み上げ、

「くそ！」

奉行の前で声を張り上げてしまった。

忠之が言う。

「慎吾、悔しい気持ちはわかるが、怒りは目を曇らせるだけだ。下がって頭を冷やしてから、中村のところに行ってやれ。話は日を改める」

「はい」

父の言うとおりだと思う慎吾は、素直に従い、一旦詰所に戻るため立ち上がった。

「田所、お前は残れ」

忠之に応じる田所に頭を下げた慎吾は、障子を閉めて詰所に戻る途中で辛くなり、廊下の柱に両手をつき、声を殺して泣いた。

第二章　復讐の渦

一

中村とお菊の通夜が、築地本願寺《つきじほんがんじ》でおこなわれた。

本堂にいた慎吾は、灯籠《とうろう》の陰からそっと手を合わせている五六蔵が目に留まり、どうにも気になってそちらに向かう。

気付いた五六蔵は、気まずそうな顔で頭を下げた。

「とっつぁん、どうしてこそこそする」

慎吾が責めるように問うと、五六蔵は神妙に応じる。

「襲った野郎を捕まえると言っておきながら、尻尾すら見えておりやせんので中村の旦那に顔向けできやせん」

　慎吾の勘が違うと教えている。己の勘を疑わぬ慎吾は、五六蔵の腕をつかんだ。

「とっつぁんは、祖父様《じいさま》の手伝いを長くしていたな」

　五六蔵は微笑んだ。

「ご存じのとおりで」

「中村さんの父親について奉行所の記録を調べても、亡くなられるまでの二年間がまったく記されていないのだ。亡くなられた原因を知っていたら教えてくれ」

「どうして、父親のことをお調べに」

「中村さんが襲われた時、光弘の罰は末代まで続くと書かれた紙がそばに落ちていたんだ」

　五六蔵は横を向いて考える仕草をしたが、動揺を顔に出すまいとしているのを気付かない慎吾ではない。

「とっつぁん、何年付き合っていると思っている。誤魔化そうとしてもだめだぞ。知っていることを隠さずに言ってくれ。でなきゃ、下手人を捕まえられないぞ」

「そう責めるな慎吾」

父の声に振り向くと、忠之が渋い顔で歩んできた。

頭を下げる五六蔵を見た忠之が、慎吾に言う。

「今から付き合え。五六蔵、お前も来い」

「御奉行、まさか……」

驚いた顔を上げる五六蔵に、忠之は微笑む。

「わしは奉行だ。過去に何があったか知らぬとでも思うたか」

「御奉行、それだけはご勘弁を」

「いいから来い」

忠之は、境内にある宿坊の座敷に二人を連れて行き、人払いをした。

三人きりになったところで、忠之が慎吾に言う。

「これから話すが、何を聞いても五六蔵を遠ざけぬと約束できるか」

誰よりも信頼している五六蔵だ。

「むろんにございます」

慎吾がこう答えると、忠之は五六蔵を見る。

「五六蔵、よいな」

五六蔵は両手をついた。

「手前がお話しします」

「辛いことは言わずともよい。どうして岡っ引きになったかを教えてやれ」

「いえ、旦那には、すべて知っていただきます」

五六蔵は、慎吾の目を見て語りはじめた。

「今から二十年前、江戸の裏の世は、御屋形様と恐れられた与一という野郎が支配し、悪の限りを尽くして罪のない者を苦しめておりやしたが、当時の奉行所はなかなか正体がつかめず、難儀をしておりやした」

五六蔵が淡々と述べたのは、奉行所と与一の壮絶な戦いだった。

当時の北町奉行は、なんとしても与一を捕らえ、悪党の集団を根絶やしにせんとするために、もっとも信頼していた三人の同心を私邸に呼び、密命をくだした。

その三人こそが、中村の父光弘と、お菊の父、そして、五六蔵だった。

思いもしなかった告白に、慎吾は驚いて忠之を見た。

忠之は、渋い顔でうなずく。

慎吾は五六蔵に問う。

「とっつぁんは、御奉行の隠密同心なのか」

「だった、というのが正解です」

「どういうことだ」

「慎吾、黙って聞いてやれ」

忠之に言われて、慎吾は口を閉じて五六蔵を見た。

五六蔵は、居住まいを正して続ける。

「当時の御奉行から密命を受けた三人は手を組んで動き、内役《うちやく》で顔が割れていなかった手前が、裏の世に詳しい伊蔵と三治の手を借りて潜り込み、与一の正体を暴きにかかりました。この面ですから、腕っぷしの強い若造だと認められ、与一の一の子分と口をきくまで三月もかからなかった。しかしながら、与一の野郎は用心深い男で、なかなか正体をつかめなかった。そこで手前は、与一を信用させるために、一の子分が命じるまま、当時敵対していたやくざの親分を殺したのです」

慎吾は衝撃を受けたが、話には先があった。

五六蔵は別のやくざの一家も潰し、ようやく与一の信用を得たのだ。

直《じか》に会うと言われて、五六蔵は一の子分に案内されるまま舟に乗り、隠れ家に入ることに成功した。江戸の闇を牛耳る大物の正体を暴けば大手柄だと、胸を躍らせていた五六蔵の前に現れたのは、悪人面ではなく、どこにでもいそうな若者だった。

当時二十代だった五六蔵と同じ年頃の与一は、優しい笑みを浮かべて迎え、いい物を見せてやると言って、別の部屋に案内した。

そこで五六蔵が見せられたのは、手下どもに手足を押さえられ、裸でうつ伏せにされた女だった。

与一は五六蔵に、頭から布を被《かぶ》せられた女を隠密同心の女房だと言い、お前もぶち込んでやれと、嬉々とした目で命じてきた。

ここまで告げた五六蔵は、苦しそうな声を吐いた。

慎吾が気遣う。

「辛いなら、女のことは言わなくていい」

五六蔵はかぶりを振り、慎吾と目を合わせる。

「その女は、手前が将来を約束した許嫁《いいなずけ》だったのです」

「なっ……」

慎吾は絶句した。

五六蔵は、まだ傷が癒えていないはずだ。

「とっつぁん、辛いことは言わなくていい」

五六蔵はそれでも続けた。

「与一の野郎は、手前の正体を知っていて、お彩《さい》を皆の前で手籠《てご》めにしろと言って笑いやがった。怒りにまかせて飛びかかろうとしたら、与一の野郎はお彩の首に刃物を突き付け、一歩でも動けば殺すと脅して、よくも騙《だま》してくれたなと罵ったんです。手前は、お彩だけは助けてくれと懇願しやした。ところが奴は、笑いやがる。もうだめだと覚悟した時、お彩が油断していた手下の手を振り払って、首に当てられていた刃物に手を添えて自害しちまったんです」

「惨い、惨すぎる」

慎吾は、そんな非情な悪党がいたのかと、忠之を見た。

忠之は目をつむり、苦渋の面持《おもも》ちで黙っている。

五六蔵は一つ大きな息を吐き、慎吾の顔を見た。

「目の前でお彩に死なれて、手前は我を失いやした。隠れ家にいた手下どもを皆殺しにして、与一の首を東海道に晒《さら》したのです」

自分でもそうするだろうと思う慎吾は、忠之に問う。

「与一の首を取った五六蔵が、どうして同心じゃなく、岡っ引きをしているのですか」

忠之は目を開けて答える。

「五六蔵は、何があっても与一を生かして捕らえろとの命を無視し、己の感情のままに動いてしまったからだ」

「あんなことをされたのですから、無理もないでしょう。自分の身に置き換えても、冷静でいられません」

「同心が刃引きされた刀を持たされる意味を知っておろう。五六蔵がしたことは、法度とされている私刑にほかならぬ。当時の奉行は激怒し、恨みに我を忘れて大勢の者を殺《あや》めた五六蔵を死罪にしようとしたのだが、周吾《しゅうご》殿が面倒を見ると説得し、奉行所からの追放だけに収めたのだ」

慎吾は五六蔵に顔を向けた。

「それでとっつぁんは、祖父様に大恩があると言っていたのか」

「へい」

「江戸中のやくざがとっつぁんを恐れるのは、与一の一味を潰したからなのか」

「手前が与一を殺したことを知る者は、ほとんどおりやせん。この十手を預かってから厳しくしたからです」

「ほとんど、というが、知っている者もいるのだな」

「生きているのは一人だけです」

「誰だ」

「新吉原の、福満屋右兵衛《ふくまんやうへえ》です」

「あの者か」

五六蔵の過去を知る者が中村を襲ったのではないかと案じていた慎吾は、右兵衛と聞いて安堵した。あの男がするはずもないと思ったからだ。

そこで問う。

「中村さんをやったのは、誰だと思う」

「それが、手前が睨んだ者はこの世におりやせんでした」

「伊蔵が女将に告げた、雲の翔のことか」

「はい」

「与一の手下で、殺し屋です。野郎は、手前が潜り込んだ時は上方に仕事をしに行っておりやしたから、お互い顔も知らないのですが、凄腕《すごうで》だと聞いておりやした。手前の正体を知った与一がどこまで把握していたかわかりやせんが、中村様の父親とお菊さんの父親を仕返しに殺したのは、野郎に違いないんです」

「お菊さんの父親も殺されたのか」

「へい。手前も殺したかったのでしょうが、お菊さんの父親が深手を負わせてくれたおかげで、野郎は手が回るのを恐れて、江戸から姿を消したのです」

「だから、千鶴の口から雲の翔と聞いて、気を失ったのか」

五六蔵は神妙に応じる。

「あの時は、翔の名を告げる千鶴の顔がお彩に見えて、気が動転したんです」

「お彩さんが、とっつぁんを心配しているのかもな」

「旦那、ご冗談を」

「ないことではないぞ。おれは、そういうのを信じるほうだ」

慎吾が五六蔵の肩をたたく横で、忠之が問う。

「その殺し屋がこの世におらぬとはどういうことだ」

「南町奉行所に行って確かめやした。雲の翔は確かに、八丈島から仲間を出そうとして命を落としておりやす」

「何年前の話だ」

「十八年前です」

忠之は腕組みをした。

「古いな。中村とお菊が亡くなった今となっては確かめようがないが、雲の翔がこの世におらぬと決めつけるのは危ない。生きておるとして、その者は五六蔵の今を知っておるのか」

「知らないはずです」

「では、伊蔵とやらは、どうやって浜屋を知った」

「偶然宿を求めたそうです」

慎吾が言う。

「三治が殺されたから、伊蔵は江戸に来たのだろう」

「はい」

「三治をやったのが雲の翔なら、与一を殺したとっつぁんの居場所を殺す前に聞こうとしたのではないか」

「佐倉陣八郎《さくらじんぱちろう》という野郎は、二十年前に打ち首になりやしたから、知られちゃおりやせん」

「それがとっつぁんの本名か」

「はい。当時の御奉行が、手前を追放する時に、打ち首にしたとお触れを出されたのです」

五六蔵がそう言うと、忠之が付け加える。

「仕返しをされぬよう、隠されたのだ」

慎吾は忠之にうなずき、五六蔵に顔を向ける。

「女将は、このことを知っているのか」

五六蔵は目を伏せた。

「同心だったのは知っておりやす。手前が、旦那には言わないでくれと口止めをしておりやした」

女房をかばう五六蔵に、慎吾が問う。

「下の者たちは」

「誰も知りません」

「雲の翔に備えるためにも、女将とみんなに教えたほうがいいと思うがどうだ」

五六蔵は押し黙った。大勢の者を殺した過去を知られたくない気持ちは、痛いほどわかる。

だが慎吾は、皆も知っておくべきだと思いすすめたのだが、五六蔵は首を縦に振らなかった。

「雲の翔が生きているとは思えません」

五六蔵は、この世におらぬと信じたいのか、歯切れが悪い。

慎吾は言う。

「だが中村さんは襲われたのだ。念のために、女将をどこかに隠したほうがいいんじゃないか」

「実は手前もそうしようとしたのですが、旦那もご存じのとおりの勝気ですから、言うことを聞きやせん。それに今は、御奉行が警固を付けてくださっています」

慎吾は忠之を見た。

「そうなのですか」

「うむ。田所に手配させた」

安堵した慎吾は、五六蔵に問う。

「伊蔵は今どうしている」

「それが、うちを出て以来、どこにいるのかわかりません。雲の翔の影を恐れて上方には戻っていないとは思いますが」

「そうか。雲の翔は、生きていれば歳はいくつだ」

「五十に近いかと」

「御奉行がおっしゃるとおり、生きていると思ったほうがいい。執念深く、ほとぼりが冷めるのを待っていたとすれば厄介だぞ」

「気をつけやす」

慎吾は、五六蔵の今を知る伊蔵が下手人に見つからないことを祈った。

二

慎吾は夜遅く組屋敷に戻ったものの、気になって眠れなかった。

伊蔵は臆病者だ、人を殺めるような者ではないと五六蔵は言うが、慎吾の目には、伊蔵の目つき顔つきが、血に飢えた野犬のようにしか見えなかったからだ。

直接会って話をすれば、嘘を見抜けるかもしれぬ。

慎吾はそう思い、夜が明けるのを待って浜屋に走った。

浜屋の周囲には田所が手配した者たちが身を潜め、目を光らせている。

向かいの商家の二階から外を見ている者は、町人に化けているが知った顔だ。慎吾は目顔であいさつをして、浜屋に入った。すると、朝早くから安田屋幸右衛門と番頭の庄吉が来ていた。

五六蔵は、幸右衛門に困った顔で応じていたが、慎吾に気付くと会釈をした。

それに気付かない幸右衛門が、慎吾に背中を向けたまま五六蔵に言う。

「親分さん、このたびは庄吉の息子のせいでとんだお手間を取らせたのですから、どうぞお納めください」

「安田屋さん、何度も言わせないでくれ。十手を預かる者として当然のことをしただけだから、こんなことをしちゃぁいけねぇ。持って帰ってくれ」

五六蔵の膝下には、解かれた紫色の袱紗の上に、二十五両の包金が二つも置かれていた。

それを見た慎吾は、先日子供がいなくなった件だと思い、いぶかしむ。

「安田屋、庄吉、二人に訊きたいことがある」

慎吾が声をかけると、二人は驚いて振り向いた。

「これは、旦那」

幸右衛門と庄吉の顔には、あきらかに動揺が浮いている。

「なんでしょう」

「とっつぁんが言うように、いなくなった子供を捜すのは当然の務めだ。これはなんの真似《まね》だ。何かうしろめたいことがあるから、大金を持って来たのか」

慎吾が探るような目で訊くと、幸右衛門が目をそらした。隣にいる庄吉を見ると、顔を青ざめさせて下を向く。

「どうもうさんくさいぞ安田屋。隠し立てすると、あとから面倒なことになるのはわかっているだろう」

幸右衛門は目を閉じ、

「おそれいりました」

観念したように言い、庄吉に顔を向けた。

「庄吉、お話ししなさい」

幸右衛門に促されて、庄吉が頭を下げた。もみ手をしながら言うには、稲荷で見つかった庄吉の息子は、一人で遊んでいて迷子になったのではなかった。

「何者かに、攫われたのです」

「何だと！」

慎吾が目を見張り、幸右衛門を見た。

幸右衛門は恐縮しきって、辛そうな顔をしている。

「どうしてそれを隠していた」

「申しわけございません」

庄吉が地べたに膝をつき、慎吾に両手をついてあやまった。

「なぜ黙っていたのかと訊いている。答えろ」

「夏木様、庄吉をどうか責めないでやってください。悪いのは、手前なのです」

庄吉に並んで両手をついた幸右衛門は、子供の命を助けるために黙っていたという。

庄吉が五六蔵の手を借りて子供を捜し回っていた頃、安田屋に文が投げ込まれたのだ。その文には、庄吉の息子を攫った。金を百両払えば命は助ける。ただし、奉行所に知らせたら即刻命はない。と書かれていた。店の者は皆捜しに出ていたこともあり、一人で悩んだ幸右衛門は、子供の命を助けるために、文に書かれていたとおりに動いた。

約束の場所である木場《きば》に金を持って行き、現れた男に金を渡すと、佃町の稲荷にいることを教えられたのだ。

金ほしさの犯行か。

考えた慎吾は訊く。

「男の顔を見たのか」

幸右衛門は下を向き、頭を振った。

「なにぶんにも暗うございましたし、相手は編笠《あみがさ》を目深に被っておりましたから、はっきり見ておりません。ただ、口の周りに髭《ひげ》を伸ばしておりました」

髭を生やした無頼者は、深川だけでも掃いて捨てるほどいる。

「背丈はどうだ」

「はい、庄吉ほどかと」

庄吉の背は五尺（約百五十センチ）ほどあるだろうが、小柄なほうだ。際立った印にはならない。

慎吾は話を聞きながら、どうも、でき過ぎたことだと思いはじめていた。庄吉の息子が攫われたことと、五六蔵が千鶴を一人にしたのは別のことのように思えるが、実は繋《つな》がっているのじゃないかという考えが浮かんだのである。

伊蔵がそう仕向けたか……。

すると、庄吉が涙を流して訴えた。

「親分たちがうちの倅《せがれ》を捜してくださっている時に、女将さんが泊り客に襲われたと聞きました。息子のせいで、とんだことに」

これには五六蔵が慌てた。

「おいおい、よしてくれ。女房は襲われたんじゃない。いったい、誰からその話を聞いたんだ」

「手足を縛られて、親分が戻られるのがもう少し遅かったら命はなかったという噂を耳にしましたもので」

「は？　そんな噂があるのか」

「ございます」

答えた幸右衛門は、五六蔵を見て言う。

「女将さんのお姿がありませんし、大怪我をされたのですか」

五六蔵は困った顔を慎吾に向け、奥に声を張った。

「千鶴、顔を出してくれ！」

「今お客さんに朝餉を出しているから少し待ってくださいな」

廊下の先から千鶴の声がし、程なくして折敷《おしき》を抱えて出てきた。

「なんです親分」

忙しそうに言う千鶴を横に座らせた五六蔵が、幸右衛門と庄吉に言う。

「このとおり、ぴんぴんしているぞ」

庄吉は胸を押さえて安心し、幸右衛門が喜んだ。

「ああよかった。てっきり大怪我をされたものとばかり思っていました」

千鶴はなんのことかわからず、五六蔵に不思議そうな顔をした。

「誰が大怪我をしたんです?」

「おめぇだよ。大怪我をしたっていう噂を耳にして、見舞金を持ってきなすったんだ」

「あたしが大怪我? 慎吾の旦那までおいでになって、まさかおおごとになっているんですか?」

慎吾が真顔で応じる。

「おれも驚いているところだ。誰かが広めたんだろう。伊蔵が女将を縛ったのと、庄吉の息子が攫われたのが偶然ならいいが、油断は禁物だ。庄吉、息子を攫った者が味をしめてまたやるかもしれないから、捕まえるまでは子を一人にするんじゃないぞ。女房にもそう言っておきな」

「はい。気をつけます」

「息子は、攫った者の顔を覚えていないのか」

「そうでした。息子は絵がじょうずなものですから、描かせて持ってきたのをうっかり忘れていました」

懐から出した絵は、人相書きには程遠い。

五六蔵はこれではわからないと言ったが、慎吾の見立ては違う。

「こいつを利円《りえん》に渡してたくさん描いてもらい、皆に配って捜させよう」

「え？　これをですか」

驚く五六蔵に、慎吾は言う。

「こいつは特徴をよく表している。悪人には見えないが、目つきが気に入らない。この目に似た男を見つけたら、庄吉の息子に確かめさせる。庄吉、そのつもりでいてくれよ」

「承知しました。息子にも言っておきます」

慎吾は幸右衛門と庄吉を帰し、北川町《きたがわちょう》の絵師利円宅へ急いだ。

三

利円宅には先客がいた。同輩の田崎が、中村の組屋敷の周囲を当たり、棒手振《ぼてふ》りの男が怪しいと目星を付け、見た者のところに利円を連れて行こうとして揉《も》めていたのだ。

田崎が熱くなっている。

「仲間を殺した野郎を一日も早く捕まえたいと言っているだろう。人殺しが江戸のどこかにいるんだぞ」

利円は困った顔で応じる。

「ですからね旦那、今はこれで手が離せないんです。慎吾の旦那まで来られても、どうにもできませんよ」

田崎が戸口に振り向いた。

「おお、慎吾、お前からも言ってくれ。利円の奴、人殺しより若殿の子作りが大事だと言いやがる」

慎吾は問い返す。

「子作り?」

「大名家の家老から頼まれた枕絵で忙しいそうだ。女に興味を持たない若殿のために、利円の絵で刺激を与えようと企《たくら》んでいるんだとよ」

慎吾は勝手に上がって絵を見た。

利円の枕絵は名が知れているだけに、なかなかになまめかしい。

「どこの大名家か知らんが、呑気《のんき》でいいな」

すると利円が、絵を描きながら言う。

「ところが違うのですよ。若殿は一粒種だというのに奥方や側室の手もにぎらないらしく、御家存続の危機だそうです」

「それで頼られたから、夢中になっているのか」

「これも人助けですよ旦那」

「いつ終わる」

慎吾の問いに、利円は絵を眺めながら答える。

「あと十日ですかね」

「十日か。田崎、おれたちはそれまで生きちゃいないかもしれないな」

慎吾が目配せすると、田崎は乗った。

「おれはまだ死にたくない。中村さんを殺した野郎の人相がわかれば防ぎようがあるというのに……」

「そうだよな。今そこですれ違った野郎が、おれたちを狙《ねら》っているかもしれないぞ。相手の顔がわからないから、すれ違いざまにぶすりとやられるかも」

慎吾が刃物で刺す真似をすると、利円が筆を投げ置いて、大きなため息をついた。

「まったく、気が散って描けやしない。わかりました。先にやればいいんでしょ先に」

「そうこなくっちゃ」

慎吾が肩をたたくと、利円がじっとりとした目で見る。

「田崎、おれのはすぐだから先に描いてもらっていいか」

「おう、話を付けたのはお前だからな」

田崎に手を立てて詫びた慎吾は、懐から絵を出して利円の前に置いた。

「これと同じのを十枚描いてくれ」

手に取った利円は、慎吾を睨む。

「酷い絵だ。自分で描いたのですか」

「いいや、人攫いの顔を見た子供が描いた。口と鼻はあさってのほうを向いているが、目だけは、よく似ているはずだ」

利円は絵を見なおした。

「なるほど。言われてみれば確かに」

納得したらしく、新しい紙に模写をはじめた。

待つあいだに、慎吾は田崎にこれまでのことを話した。

「ふぅん、そんなことがあったのか」

田崎は口を尖らせ、考える顔をした。

慎吾が問う。

「どう思う。おれは、女将を縛った野郎と、子供を攫った野郎とは関わりがあると睨んでいるのだが」

「うぅむ」

田崎は腕組みをして答える。

「確かに、偶然にしては出来過ぎているが、五六蔵と子分の連中を宿から遠ざけるために攫ったというのは、違うような気がするな」

「どうしてそう言い切れる」

「落ち着いて考えてみろ。安田屋の番頭の息子を攫っても、連中が五六蔵を頼るとは限らぬだろう」

田崎は決めつけたように言う。

慎吾は解せなかった。安田屋と浜屋は目と鼻の先だ。子がいなくなったことを知った番頭が五六蔵を頼ると腹積もりしても、不思議なことではない。

「子を攫った者が伊蔵と繋がっているなら、調べれば中村さんを襲った者が見えてくるかもしれぬ」

田崎は驚いた。

「どういうことだ」

慎吾は田崎を外に連れ出し、五六蔵の過去を話して聞かせた。

田崎は、執念深い殺し屋に動揺の色を浮かべる。

「五六蔵に、そんな過去があったとは。それを聞いた時、驚いただろう」

「うむ。何か大きな秘密があるとは薄々わかっていたが、まさか同心だったとは考えもしなかった」

「隠密同心は今も町のどこかにいるが、おれたちは顔を知らない。五六蔵はそっちのほうだったんだろうな」

「そっちとは？」

「奉行所に記録も残らない、隠密中の隠密だ。江戸の裏の世を牛耳っていた与一を捕らえるために潜っていたなら、五六蔵はよほど、当時の奉行に信頼されていたはずだぞ」

「そのせいで、酷い目に遭ったのだ。そして二十年経って、中村さんが殺された。五六蔵は大人しくしているが、腹ん中は煮えくり返っているはずだ。無茶をしないか心配でたまらん」

「確かにな。自分に置き換えても、許せない」

慎吾が問う。

「中村さんの件で怪しい者を見た者がいたと言ったな」

「うむ」

「下手人だと思うか」

「まだなんとも言えんが、人相書きができたら手分けをして捜すことになっている」

「五六蔵が見れば、わかるかもしれぬぞ」

「そういえばそうだ」

「利円を急がせよう」

慎吾は期待して部屋に戻り、声をかけた。

「どんな具合だ」

「こんなもんですかねぇ」

「さすがは大名家から仕事が来るだけのことはある。まったく同じに描けてるじゃないか」

「褒められた気がしません」

「これはお代だ。次に行こうか」

慎吾が差し出す少ない銭を、利円は文句も言わず受け取り、田崎の案内に従った。

なんだかんだ言いながら、利円は協力してくれるのだ。

田崎が見つけていたのは、花売りの女だ。

その女が中村の組屋敷の近くを歩いていた男を怪しいと思ったのは、目が合った時の目つきが気持ち悪かったからだという。

女が口で説明するのを聞きながら筆を走らせていた利円が、

「おやおや」

と声を漏らして、慎吾の顔を見てきた。

慎吾は絵を見て、子供が描いた物と並べた。

「同じ目に見えるぞ。利円、今まで描いていたからついこうなったのか」

「誰に言っているんです。娘さん、この人で間違いない？」

花売りの娘はこくりとうなずき、よく似ていると言った。

慎吾はまじまじと人相書きを見る。

四十代くらいの男は黒目が小さめで眼光鋭く、絵だというのに今にも怒鳴りそうな表情をしている。

慎吾は利円に同じのをもっと描くよう告げて銭を渡し、田崎にあとをまかせて外へ出た。

この絵を五六蔵に見せれば、何かわかるかもしれないと期待したのだ。

浜屋に入ると、千鶴が出迎えた。珍しく暗い顔をして、今まで泣いていたような目をしている。

「どうした」

「親分が泣いているものですから、あたしまで悲しくなってしまって」

「中村さんのことか」

「お菊さんを娘のように気にかけていたんです」

昔の仲間が残した娘を、五六蔵は陰から見守っていたのだと言われて、慎吾は胸が痛んだ。

奥に行くと、火が消えたように静まりかえっている。

「とっつぁん、入るぞ」

声をかけて障子を開けると、五六蔵が盃を膳に戻して正座した。

影膳を二つ用意させているのを見た慎吾は、五六蔵の前に座って盃を取らせ、酌をしてやった。

「女将から聞いた。お菊さんを娘のように思っていたそうだな」

「何もしちゃおりやせんが、成長を見守って、節目には父親の墓前で教えていました。これから幸せになれるって時に、こんなことになっちまって……」

盃を置いて嗚咽《おえつ》する背中を慎吾がさすってやると、五六蔵は袖で涙を拭って頭を下げる。

「ありがとうございやす」

「中村さんとお菊さんのためにも、下手人に必ず罰を受けさせるぞ」

「…………」

五六蔵は返事をせず、盃を取って酒を飲み干した。

慎吾はその横顔を見据える。

「とっつぁん、何を考えている」

五六蔵は盃を置くと、膝に手を置いてうな垂れた。

「明るくていい子だったお菊が、冷たい土の中にいるかと思うと可哀《かわい》そうで……」

声を詰まらせ、手酌をした酒を喉に流し込んだ五六蔵は、盃をにぎり締めた。

「悔しくて、腹が立って、どうにかなっちまいそうですよ」

「花売りの娘が、中村さんの組屋敷近くで怪しい者を見ていた。人相書きを作ったから見てくれ」

「へい」

五六蔵は前のめりになって待った。

慎吾が畳に二枚並べて広げると、五六蔵は花売りの娘が利円に描かせたほうを手に取って見つめた。

何も言わない五六蔵は、渋い表情をしている。

「覚えはないか」

慎吾の問いに、五六蔵は首をかしげた。

「何せ二十年前のことですから……」

「その者が雲の翔だとすると、伊蔵が見ればわかるだろうか」

「奴は元々裏の世で生きていた者ですから、会ったことがあるかもしれませんね」

「おれも捜すが、もしここへ来たらすぐに教えてくれ」

「待ってられませんよ」

五六蔵が立ち上がった。

「どうする気だ」

「伊蔵は女好きですから、手前を心配して近くにいるなら、深川の女郎屋にいるかもしれません。みんなと手分けをして盛り場を捜してみやす」

「それはだめだ。とっつぁんは出歩かないほうがいい」

「止めねぇでください」

「しかしな……」

「手前は深川の五六蔵だ。命を取りに来るならそのほうがいい。捜す手間が省けるってもんですぜ。旦那は、千鶴を頼みます」

五六蔵の凄み、というものを初めて見た慎吾は、引き留めることができなかった。

土間にいる作彦は、子分たちを連れて出ていく五六蔵に固唾《かたず》を呑み、慌てて場を空けた。

慎吾が千鶴に言う。

「ここは守られているから安心して、戸締りをしてくれ」

「親分を頼みます」

「うむ。作彦、おれたちも行こうか」

外に出ると、作彦が声をかけてきた。

「旦那様、親分は大丈夫でしょうか。目が血走っておられますよ」

「随分落ち込んでいたから、それぐらいのほうがいい」

「人相書きの男を捜すのですか？」

「いいや、伊蔵だ。奴が人相書きの男を知っていれば、中村さんを襲った下手人に近づく」

急ぐぞと言って、慎吾は夜の町へ向かった。

盛り場をうろつく輩《やから》に目を光らせ、人相書きに似た目つきの男と伊蔵を捜した。

顔見知りの客引きに声をかけて人相書きを見せ、情報を集めていると、門前東《もんぜんひがし》仲町《なかちょう》の女郎屋で派手に遊んでいる野郎がいるという者がいた。

近頃大金が入ったと自慢していたとも言われた慎吾は、その女郎屋に乗り込んだ。

すると、女将と亭主が慎吾の前を塞ぎ、

「八丁堀の旦那、今夜は遊びですか」

「それとも、御上《おかみ》の御用でございますか」

二人揃《そろ》って声を張った。

あきらかに、客間に届くようにしているに違いない。

怪しんだ慎吾は、

「邪魔をするとしょっ引くぞ。そこをどけ」

押し通って奥の客間に向かった。

障子を開けると、男の上に乗っていた女が悲鳴をあげて身体《からだ》を隠した。

男は商人の若者だったため、慎吾はすまんとあやまり、先を急ぐ。

その後ろで作彦があやまり、障子を閉めた。

二つ目の部屋も怪しい者はおらず、三つ目の部屋に行こうとした時、一番奥の部屋から男が出てきた。

口髭を生やした男は、頰被りをしようとして慎吾と目が合い、あっと声をあげて逃げた。

「待て！」

追った慎吾が肩をつかむと、男は振り向きざまに殴りかかってきた。

慎吾は受け止め、平手を一発くらわせる。

強烈な張り手に飛ばされた男が、柱に頭をぶつけて仰向けに倒れた。

慎吾は作彦に押さえさせ、懐を探った。出てきたのは、ずっしりと重い財布だ。

「この大金をどこで手に入れた」

「かか、勘弁してくださいよ旦那」

「何を勘弁しろと言うんだ」

「あっしは、何も悪いことなんかしていませんから」

「おれの顔を見た途端に逃げておいて何を言うか。正直に答えぬと、大番屋に連れて行くぞ。石を抱くか」

「言います、言いますからそれだけはやめてください」

拷問を恐れた無頼者は悲鳴をあげるような声で、財布は家から盗んできたと言った。

そこへ店の女将が来て言う。

「旦那、嘘じゃありませんよ。この人は見た目は悪そうですけど、名のある大店《おおだな》の放蕩《ほうとう》息子です。親から勘当されて家を出る時に、勝手に三百両持って出たんですって。身元はあたしが保証しますから。勘弁してあげてください」

慎吾は、紛らわしい男に苛立ち、怒鳴りつけた。

「たとえ家の金でも、勝手に持って来れば盗《ぬす》っ人《と》だぞ!」

「返しますからご勘弁を」

平身低頭して懇願する若者の頭をたたいた慎吾は、女将に騒がせたと詫びて外へ出た。手分けをして探索をする慎吾と五六蔵たちは、夜の花街を走り回った。

調べを終えて出ていった慎吾の背中を見ていた番頭が、あるじに言う。

「今夜の旦那は、殺気立っていて恐ろしいですね」

中村夫婦の死を知る店のあるじが、番頭にぼそりと告げる。

「あんなことがあったんだ、無理もない。人殺しがまだ捕まっていないから、わたしたちも用心しないとな。同心殺しの話を客にしないよう、みんなに徹底してくれ」

応じた番頭は、向かいの店に入る慎吾を見届けて、女郎たちのところへ行った。

四

慎吾たちは夜が明けるまで歩き回ったが、伊蔵と人相書きの男を見つけることはできなかった。

少し休もうということになり浜屋に戻ると、警固の者の姿がなくなっていた。

「誰もいないとはどういうことだ」

「我々と同じで、休まれているのではないですか」

「それじゃ警固にならんだろう。まったく」

作彦に不満をもらした慎吾は、浜屋に入った。何ごともない様子で千鶴が出迎えたので安堵した慎吾は、警固の者がいないので気をつけるよう告げて座敷に上がった。

程なくして五六蔵たちが戻ったが、結果は慎吾と同じだ。

千鶴が支度してくれた朝餉を摂《と》りながら五六蔵と話をしている時、又介が口を挟んできた。

「女将さんを縛った野郎は、もう江戸にいないんじゃないでしょうか」

五六蔵は子分たちに、昔のことも、伊蔵が仲間だったことも話していない。

伊蔵が子を攫った者の仲間だと思い込んでいる又介は、子供を攫ったのが遊ぶ金目当てでなければ、花街を捜しても無駄だというのだ。

ほんとうのことを教えるべきではないかと思う慎吾は、五六蔵を見た。

先に来ていた田所が、慎吾に険しい顔を向ける。

田崎は胸を斬られていた。

華山は、田崎を運び込んだ奉行所の連中に手足を押さえさせ、傷の手当てをしている。慌てた様子はなく、落ち着いた華山の横顔を見た慎吾は、傷は命に関わるものではないと察して安堵した。

程なく手当てを終えた華山は、慎吾に気付いて軽く会釈をすると、田所に顔を向けた。

「傷は薄皮を切られた程度ですんでいます。五日もすれば、痛みもなくなるでしょう」

すると、手足を押さえていた同輩たちが安堵の息を吐き、田所は呆れたような顔を田崎に向けた。

「大げさに騒ぎおって。それでも武士か」

額を汗で濡《ぬ》らした田崎は、苦笑いをしている。

慎吾は田崎のそばに歩み寄り、誰に斬られたのか訊いた。

すると、田崎の顔から笑みが消えた。

「人相書きの男だ」

「どこでやられた」

「浜屋の近くだ。お前に会いに行こうとしていた時に、人相書きによく似た男を見つけて声をかけたら、いきなり襲いやがった」

「それで、警固の者たちがいなかったのか」

「すまん。奴に逃げられてしまった」

「遣い手か」

「うむ。自分で言うのもあれだが、おれの新陰流はそこそこのものだ。それなのにこのざまだ」

「認めるのか、負けを」

「悔しいが事実だ。中村さんを襲ったのは、人相書きの野郎だぞ」

「決めつけるのはまだ早いぞ」

口を挟んだのは田所だ。

慎吾は、人相書きを見せた。

「この顔に覚えはありますか」

田所は首を振った。

「まったく知らぬ男だ」

田崎が言う。

「中村さんが殺された日に、その男が組屋敷の近くを歩いていたのを見た者がいるのですから、間違いありません」

「人相書きに似ているからと申しても、中村さんを殺したかはわからぬだろう」

「それは、そうですが……」

田崎は、悔しそうな顔で口を閉じた。

田所は、人相書きを手に取って言う。

「しかし、町方同心を傷つけた罪は重い。慎吾」

「はい」

「お前は五六蔵のそばから離れるな。田崎を襲ったこの男は、我らが捜す」

「お待ちください田所様」

声をかけたのは五六蔵だ。

「田崎様を襲った者が浜屋の近くにいたとなると、狙いはおそらく手前です。慎吾の旦那が近くにおられますと、奴は手出しできなくなります」

田所は厳しい顔をする。

「囮《おとり》になると言うのか」

「これ以上、旦那方に迷惑はかけられません」

「何を言う。お前のことは御奉行から聞いた。元々は……」

「田所様、手前のことはいいんです」

元同心ではないかと言わせぬ五六蔵に、田所は渋い顔をする。

「そうはいかん。お前には家族がいるんだ。慎吾、目を離すな」

「承知しました。とっつぁん、そういうことだから今日から泊まり込むぞ」

「旦那……」

「二人で中村さんの仇を取るんだ。いいな」

五六蔵は承知し、田所に頭を下げた。

五

浜屋に泊まり込んだ慎吾は、中村の仇が現れるのを待ったのだが、五日が過ぎても何も起こらず、人相書きを手に探索をする奉行所の網にもかからなかった。

そんな中、本所の町を探索していた松次郎が伊蔵を見つけた。

五六蔵から、見つけたら手を出さず居場所を探れと言いつけられていたため跡をつけ、突き止めて浜屋に戻った。

ところが、

「きっと、人違いだ」

五六蔵はそう決めつける。

「でも親分、この目に間違いはございませんよ」

松次郎はそう訴えたが、五六蔵は確かめようとしない。それどころか、

「今から町名主と話があるので出かけてくる」

そう言って出ようとした。

慎吾はこの時、折悪《おりあ》しく奉行所に戻っていた。

五六蔵を一人にするなと慎吾に言われていた伝吉は、松次郎と二人で供をすると言ったのだが、五六蔵は許さない。

「心配するな。お前たちは千鶴を守れ」

「まさか親分、わざと一人で出歩いて、下手人をおびき寄せるつもりじゃ」

不安そうに言う伝吉に、五六蔵は笑った。

「昼間っから人通りが多い町で襲う馬鹿はいめぇよ。心配するな。千鶴を頼んだぞ」

五六蔵が出かけると、千鶴が二人に言う。

「あたしはいいから、親分を守っておくれ」

「伝吉、おめぇは親分から目を離すな」

松次郎が応じる。

「兄貴はどうするんで」

「決まってら。慎吾の旦那に伊蔵の居場所を教えるのよ」

「よしきた」

浜屋の前で伝吉と別れた松次郎は、奉行所に走った。


五六蔵が伊蔵を捜しに動かないと聞いた慎吾は、松次郎に案内させた。

向かったのは、本所にある西織《にしおり》という旅籠《はたご》だ。

「ここに入るのを見ました」

「松次郎、でかした」

慎吾は暖簾を潜ると、宿の女将に事情を話して二階の客間を調べようとした。

だが、

「そのお客さんでしたら、出かけられましたよ」

松次郎が跡をつけた時は確かに戻ったのだが、そのあとすぐ出かけていたのだ。

慎吾が女将に問う。

「今日も泊まるのか」

「そのように聞いています」

慎吾は人相書きを出した。

「この男は来ていないか」

女将は首をかしげる。

「見たことはありませんねえ」

「すまないが、待たせてもらうぞ」

「旦那、お客さんは何か悪いことをしたのですか」

不安がる女将に、慎吾は首を横に振る。

「この人相書きの男のことで、聞きたいことがあるだけだ」

「ああよかった。悪人を泊めたのかと思って冷や汗をかきましたよ。どうぞ、座敷を使ってください」

「悪いな。作彦」

「はい」

「伊蔵の隣の部屋で待っていろ」

「旦那様は?」

「おれは五六蔵を守りに戻る。伊蔵が戻ったら、宿の者に頼んで浜屋に知らせろ」

「わかりました」

「松次郎、戻るぞ」

慎吾は女将に人を使うことを頼み、急いで五六蔵のところへ向かった。

密かに見張りをしているはずの奉行所の者たちは、出かけた五六蔵のあとを追ったのか、姿が見えない。

用心をして商売をしていない浜屋の前を通り過ぎた慎吾は、町名主の家に行った。

町人に成りすましている奉行所の連中を町名主の家の周囲に認めた慎吾は、五六蔵の警固をまかせて浜屋に戻った。

千鶴が出してくれた茶を飲んで待っていると、五六蔵は日暮れ時になって戻ってきた。

慎吾の顔を見るなり、ばつが悪そうな顔をする。

「とっつぁん、一人で出かけるとはどういうことだ」

「のっぴきならねぇ用事を思い出したもので」

「子分を連れて行けぬような用なのか」

五六蔵は答えずに、

「少し具合が悪いので、休ませていただきやす」

頭を下げて、自分の部屋に行こうとした。

「おい、とっつぁん」

慎吾が声をかけても応じず、奥の部屋に籠もってしまった。

少し遅れて、伝吉が戻ってきた。

「すまねぇ兄貴。親分を見失っちまった」

松次郎は目を見張る。

「何を言っている。親分は町名主の家にいただろう」

「それが、親分はこっそり裏から出ていたんですよ」

「なんだと」

「どうしましょう」

青い顔をして焦る伝吉に、松次郎が教える。

「親分なら自分の部屋にいるぞ」

「ああよかった」

安堵した伝吉は、上がり框に両手をついて息をした。

慎吾が問う。

「松次郎、又介はどうした」

「人相書きの野郎を捜しています」

「そうか」

　慎吾は格子窓から表を見た。向かいの店の二階に警固の者たちの姿はなく、五六蔵がまだ町名主の家にいると思っているのだろう。

「伝吉、すまないが町名主の家に行って、奉行所の者に五六蔵が戻っていると伝えてくれ」

「いけね、忘れてやした。すぐ行きます」

　五六蔵の身を案じた慎吾は、苛立って舌打ちをして、五六蔵の部屋に行くと障子越しに声をかけた。

「とっつぁん、命を狙われているかもしれぬのに、一人でどこに行ったんだ」

　返事がないので開けようとして手を伸ばしたが、慎吾はためらった。五六蔵は泣いているらしく、鼻をすする音が聞こえたからだ。

　中村とお菊を喪った悲しみが深いのだと察した慎吾は、そっとしておくことにして表に戻った。

閉めている戸の外で声がしたのはその時だ。

「ごめんください。西織の者です。夏木様に言伝がございます」

「今行く」

自ら応じた慎吾が、松次郎に言う。

「出かけるが、五六蔵を一人で出すなよ。目を離すな」

「わかりました」

外に出た慎吾は、西織の手代に問う。

「野郎が戻ってきたのか」

「へい」

「よし」

慎吾は通りの先を睨むと、走って向かった。

西織の暖簾を潜って二階へ駆け上がると、部屋の前で声をかける。

「北町奉行所の者だ。伊蔵、開けるぞ」

返事を待たず障子を開けると、作彦が倒れていた。

慎吾は驚いて駆け寄り、作彦の鼻に耳を近づけた。

息がある――

「作彦！　しっかりしろ！」

揺すり起こすと、作彦が目を開けた。

慎吾を見て目を見開き、慌てて起き上がった。

「野郎は――」

見張りがばれてしまい、逃げようとする伊蔵を捕まえようとして、返り討ちにあったらしい。

「伊蔵に間違いなかったか」

「はい。野郎です」

「どうして逃げる。奉行所の者だと言ったのか」

「言いました。旦那様が話があると告げましたら、恐れた顔をして逃げたのです」

慎吾は、二階の窓から外を見た。

「あの野郎。子を攫った者と通じていやがるのか」

あと一歩のところで逃げられて悔しがったが、追いかけようにも行き先に見当がつかない。あきらめた慎吾は、浜屋に戻った。

通りを行き交う人の中に、浜屋に戻ってくる奉行所の先輩を見かけて、慎吾が声をかけた。

「石山《いしやま》さん！」

「おお、夏木、すまん。五六蔵を見失ってしまった」

「五六蔵は戻っています」

石山は驚いた顔をした。

「そうか。ならばよかった」

「伝吉が行きませんでしたか」

「町名主の家には他の者を残して、捜していたのだ」

「もう大丈夫ですから、一杯やりませんか」

「それどころではない。お前も連れて戻るよう松島様のお達しだ」

「何かあったのですか」

「半年前に、神田《かんだ》で押し込みがあったのを覚えているか」

「残忍な手口ですから忘れもしません」

「あの一味が、四谷《よつや》あたりに潜伏しているという情報が南町から入ったそうだ。これから探索に向かわなければならない」

神田の押し込みとは、乾物問屋を狙った犯行で、あるじ以下全員を縛り上げて、二百両の大金を奪った凶悪事件だ。

それ以後、同じ賊の仕業と思われる犯行が二件起きており、合わせて千両近く盗まれるという事態になっていた。

半年過ぎても賊を捕らえられぬことで、受け持ちだった南町奉行は公儀からきついお叱りを受け、このたび南北が力を合わせることになっていた。

それゆえ父忠之は、南町から助けを求められ、一刻も早く人を遣わすよう松島に厳命したのだ。

中村夫婦殺しの下手人の探索が一旦切られるのは残念だが、極悪非道の輩を捕らえる機を逃すことはできない。

元隠密同心の五六蔵は、きっと大丈夫だ。

慎吾は自分に言い聞かせ、作彦に告げる。

「お前は浜屋に行って五六蔵を守れ。外に出すなよ」

「承知しました」

作彦と別れた慎吾は、石山と奉行所に走った。

戻ると詰所は騒然としていた。

松島が石山と慎吾に言う。

「賊の根城が判明した。これより捕らえにまいるゆえ支度を急げ」

応じた慎吾は、鎖帷子《くさりかたびら》、鎖鉢巻《くさりはちま》き、籠手《こて》、脛当《すねあ》てを着けて捕り物出役《しゅつやく》の身なりを整え、隊列に並んで四谷に走った。

南北の捕り方が合流し、賊どもを一網打尽にできると意気込んでいたのだが、賊も百戦錬磨だ。奉行所の動きをいち早く知った賊どもは、根城にしていた四谷の町家を捨てて逃げてしまい、原宿《はらじゅく》村の豪農、沢田《さわだ》某《なにがし》の屋敷に押し入り、人質を取って立て籠もってしまった。

このおかげで、慎吾は三日も捕り物に参加する羽目になり、五六蔵のことを気にかけながら、賊どもと対峙《たいじ》したのだ。

六

慎吾が捕り物に参加している頃のことだ。長雨がやんだある日の朝、江戸の北外れにある古びた一軒家に、二十人の男が集まっていた。

上座であぐらをかいているのは、白髪で、額から右の頰にかけて刀傷があり、眼光は鷹《たか》のように鋭い男。

集まる者はいずれも、脛に疵《きず》持つ身。

その者たちを束ねる上座の男は、不機嫌極まりなく言う。

「軍資金を集める係りの者が南北の捕り方に囲まれたそうだが、心配はいらぬ。奴らは、わしの正体を知らぬ子飼いにすぎぬからな。それより、佐倉陣八郎だ。二十年前に御屋形様を殺しやがった野郎を生かしていたんじゃ、御屋形様の看板を挙げて商売ができねぇぞ。貞光《さだみつ》、どうなっている」

側近の男が真顔で応じる。

「知っていると思われる者を、三人捕らえております」

「吐いたか」

「ご指示をいただこうと思い、まだ手を付けておりませぬ」

「では、わしが自ら問う。ここへ連れて来い」

貞光が手下に顎を引く。

程なく引き出されたのは、頭に布袋を被せられた三人だ。

貞光は、恰幅《かっぷく》のいい男の袋を取った。

上座の男は、顔を見て目を細める。

「人を舐めたような面構えに見覚えがあるぞ」

貞光が告げる。

「吉原の福満屋右兵衛です」

「思い出した。右兵衛、わしを覚えておるか」

右兵衛は上座の男を見据えていたが、目を大きく見開いた。

「お前さんは、雲の……」

「久しぶりだな右兵衛。御屋形様と遊びに行かせてもらったのが昨日のように思い出せる。当時はいい思いをさせてもらったが、中村の野郎にこの面にされてからは、おなごに怖がられていかん。さっぱりもてなくなった」

笑う雲の翔に、右兵衛は言う。

「翔さん、手前にどうしてこんな真似をしなさる」

「この貞光が目を付けたのがお前さんとわかっていれば、手荒な真似はさせなかったさ。なあに心配するな。わしが知りたいことを教えてくれたら、すぐ帰らせてやる」

「何を知りたいのです」

翔は笑みを消し、鋭い目を右兵衛に向ける。

「御屋形様を殺した佐倉陣八郎が今どうしているか、教えてくれ」

右兵衛は肝が据わった男だ。翔に厳しい顔で問う。

「中村の旦那と妻女をやったのは、お前さんだね」

「殺すつもりはなかった。死なないように傷つけたのだが、一人が騒いだせいで傷が深くなってしまったようだな。自業自得というやつだ。わしのせいじゃない」

飄々《ひょうひょう》と告げる翔に、右兵衛は言う。

「御屋形様の仇を取りたいのでしょうが、佐倉陣八郎様はもう、この世にはいませんよ」

右兵衛が言い終わる前に立ち上がった翔は、すたすたと歩み寄ったかと思うと脇《わき》差《ざし》を抜き、正座させられている右兵衛の左太腿《ふともも》に突き立てた。

激痛に苦しむ右兵衛は手下どもに押さえられ、動くこともできぬ。

顔を歪《ゆが》める右兵衛を、翔は真顔で見据えて言う。

「ここに連れて来られたのはな、お前さんが知っていると手下が睨んだからだ。佐倉陣八郎とお前さんは、役人と商人の隔たりのない、友と言える仲だったからな。違うか」

呻いて答えない右兵衛に、翔が厳しく問う。

「奴が生きているのはわかっているんだ。正直に言わないと、今から家に行って、お前さんの目の前で大事な家族を皆殺しにするぜ」

「いったい、なんのためにそこまでする」

翔は眉間に皺《しわ》を寄せ、いかにも作ったように言う。

「わしが御屋形様の跡を継いで商売をするんだから、仇を討つのは当然だろう」

右兵衛は痛みに歯を食いしばり、翔を睨んだ。

「裏の世を牛耳る気で江戸に戻ったのか」

「そのとおりだ」

「笑わせるな。てめえは、裏の世を仕切る器じゃねえ。与一の足下にも及ばぬ野郎だ」

　舌打ちをした翔は、刃物をより深く刺した。悲鳴をあげる右兵衛の足に突き立てたまま刃物から手を離し、右隣に座らされている男の袋を取った。

　顔を見た翔はほくそ笑み、その横で正座している男の袋を取ると、目を見据えた。

「伊蔵、やっと捕まったか。右兵衛のように痛い目に遭いたくなければ、佐倉の居場所を教えろ」

「待ってくれ、おれはほんとうに知らないんだ。どうして今さら……」

　殺気に満ちた目を向けられた伊蔵は、息を呑む。

　翔は貞光から刃物を受け取り、刃《やいば》を見ながら言う。

「蛇の道は蛇だと言うだろう。大坂のわしの縄張りで悪さをした野郎を捕まえてみれば、三治だった。三治はちょっと痛め付けただけでお前のことと、中村の倅の今を教えてくれたが、佐倉陣八郎のこととなると、この世にいないの一点張りだ」

「おれも三治と同じだ。佐倉の旦那には、江戸を追っ払われてから一度もやりとりをしていない。風の便りで打ち首になったと聞いて、墓まで建てたんだぜ」

「三治もそう言ったからあとで調べてみたら、確かに墓はあった。嘘じゃなかったようで可哀そうなことをしたと思っている。だが、お前は違うよな」

「どうして。おれも——」

刃物を喉元に突き付けられ、伊蔵は息を呑む。

「三治と同じだとは言わせないぞ。わしはな、見ているんだよ。中村の倅が持っていた紙を。光弘の罰は末代まで続くなどと書いて警告したつもりだろうが、女房の菊は意味すらわかっちゃいなかったぜ」

「おれはそんなの届けちゃいない」

「そうだろうな。相棒のこいつに届けさせたんだからよう」

翔は、隣の男に刃物を向ける。

「おいお前、伊蔵の言うことを聞いて、あのふざけた手紙を中村の家に届けてやったただろう。どうだ」

「…………」

答えない男に、翔が鼻で笑って告げる。

「お前の声に応じて門を開けた菊は、青い顔をしていただろう。あれはな、横でわしが刃物を突き付けていたからだ」

男は驚いた顔をした。

翔が真顔で、男の頭をなでて言う。

「紙を読んだわしは、いい手を思いついてな。子供に小銭を渡して、奉行所にいる中村の倅に届けさせた。そしたら野郎、血相を変えて帰って来やがって……」

思い出し笑いをした翔は、男の頭をたたいた。

「その間抜け面が人相書きにされて、中村夫婦殺しの下手人になっているのを知っているのか」

利円が描いた人相書きを見せられて、男は目を見張った。

「そんな……」

翔は馬鹿にして、高笑いをした。

「伊蔵の言うことを聞くからだ。がきを攫って金を奪うけちな商売だけをして大人しくしていれば、こんな目に遭わなくてすんだものを。ま、わしと因縁がある伊蔵と組んだのが、お前の運の尽きだ。死人に口なし、罪を悔いて自ら命を絶ったことにしてやろう」

首に刃物を当てられた男は叫んだ。

「伊蔵は、深川の旅籠に泊まってから様子が変わりました！　紙を届けるよう頼まれたのは、そのあとすぐです！」

「黙れ！」

怒鳴る伊蔵を見た翔が、したり顔で刃物を下げて男に問う。

「その旅籠の名は」

「浜屋です」

すると、貞光が翔に言う。

「本所と深川のやくざたちは、浜屋の亭主で岡っ引きをしている五六蔵を恐れています」

翔は伊蔵を見た。

「そこで何があった」

「何もない。お前さんが三治を殺したから、中村家に忠告しただけだ」

「浜屋を調べればわかることだ」

「何もないと言っているだろう！」

怒鳴る伊蔵に、翔は片笑む。

「わかりやすい野郎だ」

そう言うなり、胸を刃物で突いた。

呻く伊蔵に、翔が言う。

「お前も、あの世で御屋形様に詫びろ」

血を吐いて倒れる伊蔵を見下ろした翔は、右兵衛に鋭い目を向ける。

「五六蔵を知っているな」

脂汗を流している右兵衛は、うなずいた。

「何者だ」

「やり手の岡っ引きだ。下手に手を出すと、お前さんの正体を暴かれるぞ」

「そいつは楽しみだ」

人相書きの男が平身低頭して懇願する。

「江戸からずらかりますから、どうかお許しください」

翔は刺すような目を向ける。

「お前にはまだ働いてもらう。なあに心配するな。難しいことではないから、それまで酒でも飲んで楽にしていろ」

連れて行けと命じられた手下が、人相書きの男の頭に布を被せ、部屋から出した。

翔が右兵衛の前に行き、平手で頬を張った。

「もう一度だけ聞くぞ、佐倉は今どこにいる」

「知らんと言ったら知らん」

がんとして口を割らぬ右兵衛を睨んだ貞光が、翔に耳打ちした。

翔はほくそ笑み、顎を引く。

応じた貞光が、襖を開けた。

隣の部屋に置かれた台には、猿ぐつわを噛まされた若い女が仰向けに寝かされ、気を失っている。

顔を見た右兵衛が愕然《がくぜん》として立とうとしたが、刃物が刺さったままの足がいうことをきかず倒れた。

翔が笑う。

「わしが裏の世を牛耳る器じゃないと言ったが、見くびるな。お前が隠し通していた子を、このとおり見つけ出したぞ。商売道具の花魁《おいらん》に生ませただけに、なかなかの器量だな」

「てめえ」

「そんな口をきいていいのか。娘の着物を剝ぎ取れば、若いもんが群がるぞ」

「た、頼む。娘だけは許してくれ」

「ああ？」

己の耳に手を当てる翔に、右兵衛は首を垂れた。

「お願いします。許してください」

「許してやるさ。わしが知りたいことをしゃべればな」

呻いて答えぬ右兵衛に、翔が言う。

「佐倉にどのような恩義があるか知らんが、娘がどうなってもいいのか」

貞光が娘の帯を刃物で切り、小袖の前を開いた。

「待ってくれぇ」

喉の奥からしぼり出すような声をあげた右兵衛が、苦渋に満ちた顔を翔に向けた。

七

冷たくなった伊蔵が見つかったのは、深川の堀を漂っていた荷船の中だった。

盗賊どもの籠城が続いており、慎吾が深川まで足を運ぶことができぬ今、五六蔵は町役人に呼ばれて駆け付けていた。

髷《まげ》が解け、ずぶ濡れの伊蔵を調べていた中年の町医者が、眉間に皺を寄せて五六蔵に言う。

「どうやら、胸を刺されて川に捨てられたあとで、船に這《は》い上がったようだな。船に血だまりがあるから、しばらく生きていたはずだ」

うなずいた五六蔵は、変わり果てた伊蔵に手を合わせ、船を調べた。木箱は空で、これといった手がかりは見当たらない。

胸を刺されて苦しんだせいで、伊蔵は何も残せぬまま逝ってしまったのか。

翌日、殺した者への怒りを嚙みしめていた五六蔵は、伊蔵を無縁塚に葬り終えた頃には、雲の翔の存在を意識するようになっていた。なぜなら、寺から帰る時に人相の悪い男と目が合い、見張りに気付いたからだ。

何食わぬ顔で浜屋に戻り、夕方まで考えていた五六蔵は、千鶴にだけほんとうのことを打ち明けた。

五六蔵の過去を知った千鶴は怒るどころか、与一のせいで死んだ許嫁を哀れんで涙し、手を重ねて言う。

「何があっても、あたしの親分に変わりない。こうなったら、地獄でもどこでも付いて行くよ」

五六蔵は、千鶴の目を見た。

「まったくおめえは、肝が据わった女だ」

「当り前さ。親分の女房だもの」

二人で笑い合った五六蔵は、三人の子分を含め、浜屋の者たちを集めた。

「大事な話がある。まあ、座ってくれ」

神妙な面持ちの五六蔵を見て、伝吉たちは不安そうな顔を千鶴に向けた。

「みんな座ってちょうだい」

千鶴にも促されて、皆従って座った。

五六蔵は、優しい目で皆を見回して、一つ大きな息を吐く。

「今日まで、こんなおれによくついて来てくれたな」

「親分、何を言っているので?」

伊蔵の死を知っている又介が、五六蔵が言おうとしていることを察したように、身を乗り出した。

「変なことは言わないでくださいよ親分」

五六蔵は、聞く耳を持たなかった。又介を見て口を止めさせると、一人一人の顔を見たあと、徳治に目を戻した。

「徳治」

「…………」

徳治が恐る恐る見ると、五六蔵が渋い顔で告げる。

「このまま、宿を閉めることにした」

品川から戻って張り切っていた徳治は、目を見張った。

「そんな。女将さん!」

千鶴は下を向いている。

「何も言うな徳治。もう決めたことだ」

五六蔵はそう言うと、仏壇から取り出した袱紗包みを徳治の前に置いた。

「ここに百両ある。今から配るから、何も言わずに出ていってくれ」

五六蔵は均等に分けた。

「旦那様、このようなことをされては――」

「徳治！」

五六蔵は、押さえつけるように声を張る。

「慎吾の旦那が泊まり込まれていたのは、おれが命を狙われているからだと言ったよな」

「聞きました」

「町役人に呼ばれて行ってみれば、昔の仲間だった伊蔵が殺されていたんだ」

「えっ！」

絶句する徳治にかわって伝吉が言う。

「伊蔵が仲間って、どういうことです」

「昔の話だ。おれの命を狙っているのは、昔のことで逆恨みしている殺し屋だ」

皆が騒然となり、伝吉が身を乗り出す。

「こ、殺し屋って親分、何をやったんです」

「二十年前に、江戸の裏の世を仕切っていた野郎を殺した。その手下が、今頃になって戻ってきやがったんだ。奴はおれを見張っている。このままじゃ、何の罪もないお前たちにまで迷惑をかけることになる」

徳治は息を呑み、おなみと手をにぎり合った。

五六蔵は、皆に言う。

「そういうことだから、一刻も早く出ていってくれ」

仲居頭のおつねが子供のように泣きじゃくり、行くところがないと訴えた。

千鶴が気丈に言う。

「おつねちゃん、親分の言い方が悪かったわね。ずっとお別れじゃないのよ。親分が悪人を捕まえるまで宿を閉めるの。すべて終わったらまた商売をするから、このお金を持って、箱根にでも行ってゆっくりしててちょうだい」

おつねは千鶴の手をつかんだ。

「ほんとうに、悪い奴をやっつけたら再開するんですか」

「ええ、するわよ」

「いつです？」

「それはまだはっきり言えないけど、慎吾の旦那も動いてくださっているから、きっと長くはならないわ。温泉に飽きる頃には終わっているはずだから、今は言うとおりにしてちょうだい」

おつねは不安そうな顔をしている。

千鶴は涙を拭ってやり、明るく言う。

「泣くのはもうやめて、早く荷物をまとめなさい。徳治さんとおなみちゃんもよ。みんなを送り出さなきゃ、親分がいつまでたっても安心して探索に出られないから。今からなら、船で品川へ行けるでしょ」

千鶴に急《せ》かされた徳治とおなみたちは、荷造りをした。

荷造りといっても、風呂敷一枚で足りる。

人目を嫌い、外ではなく中で別れを告げた五六蔵と千鶴は、潜り戸から出ていく三人を見送った。

伝吉と松次郎が、寂しそうな顔をして黙り込んでいる。

二人とも、宿を閉める話を聞いていなかっただけに、不安なのだろう。

伝吉が言う。

「親分、この先、どうなるので？」

五六蔵が険しい顔をしてすぐに答えぬので、迫るように問う。

「おいらたちは、このまま親分と女将さんのそばにいてもいいんですよね？」

五六蔵は、そのことには何も答えず、持った湯呑みの中を見て、飲むのをやめて置いた。

「伝吉、茶が冷めちまった。熱いのを入れてくれ」

伝吉はさらに訊こうとしたが、松次郎が袖を引っ張り、言われたとおりにしろと言う。

伝吉が板場に行くと、松次郎が五六蔵に顔を向けた。

「親分――」

「松次郎」

「……へい」

「おめえ、上野の善吉《ぜんきち》親分を知っているな」

「人が足りなくて困っているらしい。すまねぇが、明日から手伝ってやってくれ」

「へい」

「こんな時に、行けませんよ」

「いいから言うことを聞け」

「いつまでです？　上野の寺の縁日が終わるまでですか？」

「そうじゃない。これからは、善吉親分の下で働けと言ってるんだ」

松次郎はすぐに理解できず、又介の顔を見た。

「つまり、親分の子分ではなくなるということですか」

又介が訊くと、五六蔵はうなずいた。

それを見て、松次郎がぎょっとした。

「待ってください親分。いきなり、何をおっしゃるんです」

「もう話は通してある」

「いつの間にそんな……」

松次郎は、先日五六蔵が町名主の家から姿を消した時だと思い問う。

「あの時ですか」

五六蔵はそれには答えず言う。

「おれの顔を潰さねぇように、しっかりお役に立つんだぜ」

話は終わりだとばかりに、背を向けて横になった。

そんな五六蔵に、松次郎が怒気を浮かべる。

「冗談じゃない。親分を狙う野郎を捜さずに、よそ様の世話になんかなれませんよ」

大声を張り上げたが、五六蔵は背を向けたまま黙っている。

「親分！」

「うるせぇ！　おれの言うことが聞けねぇなら用はねぇ、今すぐ出ていけ！」

起き上がった五六蔵は、松次郎を寄せ付けぬ顔で睨み、怒鳴りつけた。

「ちょっと親分、言い方が悪いんだよ」

千鶴が叱っても、五六蔵は態度を変えない。伊蔵から忠告をされ、中村夫婦が殺された時から、皆を心配して密かに引き取り手を探していたのだ。

伊蔵が殺され、翔の存在を意識せざるを得ない今、五六蔵の意志は固い。

上野の御用聞きの善吉は、五六蔵とは古い付き合いの人物だ。南町の同心に使われているのだが、さして忙しい身ではない。だが、五六蔵の気持ちを酌んで、粘り強い探索をする松次郎なら、預かってもいいと言ってくれたのだ。

五六蔵はそのことを言わぬので、怒鳴られた松次郎は意気消沈した。

「どうせおれは、又介のように頭も回らねぇし、伝吉のように足も速くねぇ、何の取り得もねぇ野郎ですよ。でも、親分のそばを離れたくありません。このとおりです。ここに置いてください」

五六蔵はまた背を向けて横になり、何も言わなかった。

「馬鹿野郎」

松次郎は目に涙を浮かべて、声にならぬ声で言い、五六蔵を睨んだ。

又介が慰めようとして差し伸べた手を振り払い、

「親分の馬鹿野郎！」

松次郎は泣きながら怒鳴ると、外に飛び出してしまった。

「松次郎！」

「出るんじゃねえ」

追いかけようとした千鶴を止めた五六蔵が、むっくりと起き上がり、嘆息を吐きながらあぐらをかいた。その目は険しく、唇は、涙を堪えて震えている。

「又介」

「へい」

「おめぇも、明日から来なくていいぞ。楊枝作りに精を出して、おふくろさんと女房を幸せにしてやりな」

又介の目を見ずに告げた五六蔵は、茶を入れた湯呑みを持って呆然《ぼうぜん》として立ち竦んでいる伝吉に言う。

「酒だ」

「ただいますぐに」

酒徳利《さかどっくり》を受け取った五六蔵は、心配そうに見ている千鶴と目を合わせ、渋い顔で口を開く。

「伝吉」

「へい」

「千鶴を実家に送ってくれ」

これには千鶴が不機嫌な顔をした。

「親分、さっき言っただろう。あたしはどこにも行かないよ」

「言うとおりにしてくれ。その前に伝吉、これを持って松次郎のところに行け。いつもの小料理屋に行ったはずだ」

酒手を受け取った伝吉は、松次郎を追って一色町《いしきちょう》へ走った。


伝吉が一色町で捜している時、松次郎はというと、三十間川《さんじっけんがわ》沿いを北に向かい、仙台堀《せんだいぼり》に架かる亀久橋《かめひさばし》の南詰にある小さな煮売り屋に入り込んでいた。

出された三杯目のちろりを手に取ってがぶ飲みし、板場に向く。

「おやじ、酒がねぇぞ。もっと持って来い！」

年老いた店主が一人で営むこの店は、松次郎にとっては隠れ家のような場所だ。料理の味もさほどに良くなく、店主の愛想も悪いとあって、客は少ない店だが、おもしろくないことや、いやなことがあった時、松次郎は一人で現れて、店主に愚痴をこぼしながら酒を飲むのだ。

店主は、松次郎が愚痴をこぼしても、ただ黙って聞くだけで、気の利いた言葉をかけることはない。

松次郎も店主に何かを求めるわけでもなく、愚痴を聞いてもらうだけで十分だったのだ。

その店主が、熱めに温めたちろり酒を持って来た。

黙って酌をしてやると、

「ちっ、なぁにが、出ていけだ、ちくしょうめ」

酔った松次郎は受けながら言い、ぐい呑みの酒を干した。

外はすっかり暗くなり、常連客がちらほらと帰りはじめた頃、暖簾を分けて女が顔を覗かせた。松次郎はその女に目を奪われて、ぐい呑みを口に運びかけた手を止めた。

女は店の奥に入り、店主に酒を頼むと、身体を斜めにするようにして長床几《ながしようぎ》に腰かけた。

女に縁が薄い松次郎が色気に見とれていると、目が合った。

女はすぐに目をそらし、壁に貼られている品書きを見ている。

白いうなじにごくりと唾を飲んだ松次郎は、酒の勢いもあり、思い切って声をかけようと立ち上がった。

歩み寄る松次郎を見た女は、あからさまに迷惑そうな顔をして品書きに目を戻す。

その目の前に回り込んだ松次郎が、にやついて言う。

「一緒に飲まないか」

「うるさいね。あっちへ行きな、この酔っぱらい」

深川芸者顔負けの迫力ではねつけられた松次郎は、尻ごみをして下がった。その時、床几に足を取られて尻餅をつき、手がほかの客の身体に当たったのだが、酔っているためあやまりもせず、自分の床几に戻るために立ち上がろうとしたのだが、月代《さかやき》を箸でたたかれた。

「痛ぇな。何しやがる」

後ろを向いて睨み上げると、やくざ風の男が唇をひん曲げて眉間にしわを寄せ、顔を近づけた。

「人の女房に手を出すんじゃねぇぞこら」

松次郎の胸ぐらをつかみ上げて立たせると、外に連れ出して突き飛ばした。

通りに尻餅をついた松次郎に対し、やくざ者の男は唾を吐きかけて言う。

「とっとうせやがれ、馬鹿野郎め」

凄みを利かせて店の中に戻ったやくざ者は、連れの男の前に座りながら女に声をかける。

「姐《ねえ》さん、酔っ払いを追い出してやったぜ。礼に酌をしてくれねぇか」

女は流し目で微笑み、男に酌をしてやっている。

ゆっくり立ち上がった松次郎は、据わった目を男の背中に向けて店の中に戻ると、ほかの客のちろりをつかみ、背後から歩み寄った。ぎょっとする女に微笑みながら、やくざ者の頭から、ちろりの酒をかけた。

酒に驚いて慌てるでもなく、じっと堪えたように目をつむったやくざ者は、嘆息を吐きながら立ち上がり、にやついている松次郎の顔を殴り飛ばした。

松次郎は負けじと反撃したが、もう一人のやくざ者も加わり、二人がかりで表に連れ出されてねじ伏せられると、殴る蹴るの暴行を受けた。

ひとしきり痛めつけられた松次郎が目を開けた時には、やくざ者は立ち去っていて、女の姿も消えていた。

店主も、外で起きたことはあずかり知らぬことと決めているらしく、倒れた松次郎を助けるでもなく、板場で仕事をしている。

何人か立ち止まって遠巻きに見ているが、酔って喧嘩《けんか》して倒れた者に関わりたくないのか声をかけるでもなく、松次郎が起き上がるや、何ごともなかったように去ってゆく。

夜も更け、亀久橋を行き来する人もおらず、気が付けば、松次郎は一人で地べたに座っていた。痛む腕を押さえて立ち上がると、足を引きずって店に入り、

「おやじ、勘定が、まだだったな」

板場の前に銭を置くと、顔を腫らした松次郎を見た店主が、黙って焼酎の徳利を置いた。

切れている口の中を消毒しろという意味なのだろうが、松次郎は手を付けずに店から出た。

浜屋を飛び出した松次郎に行く当てがあるはずもなく、門前東仲町の女郎屋にでもしけ込む覚悟を決めて、夜の町をさまようように、川端を南に歩んだ。

黒い水面《みなも》を横目に歩みながら、いつも笑い声が絶えなかった浜屋のことを思い出せば、自然と、五六蔵やみんなの顔が浮かんでくる。

「なんでこんなことになっちまうんだ。おれは、親分だからこそ下っ引きになったというのによう！」

怒りを吐き出した松次郎は、霞《かす》む目をこすりながら歩んだ。

永居橋《ながいばし》の上で足を止めて、夜道の先を眺めた。南にまっすぐくだって角を右へ曲がれば、浜屋はすぐだ。

帰ったところで、五六蔵に出ていけと言われるかと思うと、気が滅入ってしまう。

松次郎は、橋の欄干に両手をついてうな垂れた。

女郎屋に行くのを止めて、浜屋に戻ろうか迷っている自分に気付き、馬鹿馬鹿しくなった。

一生親分に付いていくと決めたじゃないか。何があろうと、何を言われようと、離れてたまるもんか。

そう自分に言い聞かせ、よし、と気合を入れた松次郎は、浜屋に帰ると決めて南に足を向けた。

橋を渡る人の気配が背後にあったが、松次郎は気にすることもなく橋を渡り切ろうとした。後ろから人が駆け寄って来たので振り向こうとしたところへ、棒を打ち下ろされた。

もろに額で受けた松次郎は、頭が朦朧としながらも相手にしがみつき、押さえ込もうとしたのだが、強い力でねじ伏せられた。

「てめぇ、何しやがる」

立ち上がった松次郎だったが、足の力が抜け、欄干にもたれかかった。

その松次郎に近づいたのは、貞光だ。

真顔の貞光に喉を鷲づかみされた松次郎は、抗《あらが》ったが力負けして息ができない。

ふたたび頭を棒で打たれた松次郎は、貞光に突き落とされた。

黒い水面に波紋が広がるのを見届けた貞光は、周囲に人がいないか見回すと、北へ向かって走り去った。

翌朝、知らせを聞いた慎吾は、田所の許しを得て原宿村の持ち場を離れ、深川に急いだ。

「どけ！　どいてくれ！」

道を行き交う人を道の端に寄らせながら、慎吾は走りに走った。そして、浜屋の近くにある番屋に飛び込むと、土間に置かれた戸板の上に、蠟燭《ろうそく》のような顔色をした松次郎が寝かされていた。

入り口に背を向けた五六蔵が地べたに膝をついて、がっくりとうな垂れている。その後ろに立ち竦んでいた伝吉と又介が、青ざめた顔で慎吾に頭を下げ、場を空けた。

ゆっくり歩を進めた慎吾が、又介の前で足を止め、松次郎を見ながら問う。

「川に沈んでいたというのは、ほんとうか」

又介が涙を堪えて応じる。

「今朝早く船頭が見つけて、引き揚げてくれました」

「額に傷があるが、他はどうだ」

「ありません。煮売り屋で酔って喧嘩をしていたそうですが、一人で帰ったらしく、橋から落ちたんじゃないかと」

伝吉が、あまりの悔しさに声を震わせながら言う。

「親分のせいだ」

「やめろ」

又介が止めたが、伝吉は五六蔵の背後に歩み寄り、拳をにぎり締めた。

「親分があんなことを言わなけりゃ、こんなことには――」

「やめろと言っているのが聞こえねぇのか！」

又介に突き飛ばされた伝吉は、地べたにうずくまって嗚咽した。

慎吾は黙ってうつむいている五六蔵を見て、又介に問う。

「どういうことだ」

又介は目をそらして答えない。

慎吾が五六蔵の前に立つと、顔を上げた五六蔵は、目を真っ赤にして、悔しそうに歯を食いしばっていたが、堪え切れぬように泣き声をあげてうずくまり、身体を震わせた。

松次郎が出ていった経緯《いきさつ》を聞いたのは、五六蔵の気持ちが少し落ち着いてからだ。

可愛《かわい》い子分の命を守ろうとしてのことだけに、五六蔵を責めることは、慎吾にはできなかった。

「とっつぁんは悪くない。おれが浜屋にいればよかったんだ」

慎吾は、込み上げる涙を必死に堪えて、目を開けぬ松次郎に詫びた。

五六蔵が恐縮して言う。

「旦那、それは違いやす。旦那は、大捕り物に駆り出されたというじゃぁありませんか。松次郎を行かせてしまった手前が迂闊《うかつ》だったのです。伝吉、又介、すまねぇ、このとおりだ」

五六蔵が両手をつき、

「松次郎、すまねえ！」

松次郎の骸《むくろ》に向かって頭を下げ、泣き崩れた。

背中をさする慎吾に、五六蔵は伊蔵が殺されたことを話した。

驚いた慎吾は問う。

「やったのは、人相書きの男か」

「わかりません。見たことがない野郎が手前を探っておりやした」

「とっつぁん、やっぱり雲の翔は生きているんじゃないのか」

慎吾の言葉で、五六蔵は急に立ち上がった。

「千鶴……」

「一人にしたのか！」

声を張り上げた慎吾は、先に外へ出て走った。

浜屋に行くと、表の戸は閉められていた。

「戸締りはさせました」

五六蔵が言い、戸をたたく。

「おれだ、五六蔵だ」

門を外す音がして、潜り戸を開けた千鶴の顔を見た慎吾は安堵し、五六蔵と中に入った。

千鶴が涙声で言う。

「親分、松次郎はどうだったの」

五六蔵が辛そうに首を横に振ると、千鶴は気を失いかけた。

慎吾が支え、しっかりしろと言って板の間に横にさせてやると、千鶴は顔を両手で覆って泣いた。

五六蔵が慎吾に言う。

「松次郎は酔って川に落ちるような奴じゃありません。手前を見張っていた野郎が関わっているに違いありやせんから、捜します」

「待て。気持ちはわかるがここは堪えてくれ。原宿村はもうすぐ決着するから、それまで動くな。松次郎を葬るのも、おれたちが来てからだ。いいな」

「…………」

返事をしない五六蔵に、千鶴が言う。

「旦那がおっしゃるとおりだよ。他の者のためにも、ここは辛抱しておくれ」

ようやく承知した五六蔵を置いて、慎吾は浜屋を出た。

永代橋を渡り、町中を駆け抜けた慎吾は、北町奉行所に戻った。

門を潜ると、ようやく捕り物を終えたと見えて、同心仲間が汚れた着物を脱ぎ、汗を流していた。

慎吾はそれを横目に見ながら進み、誰の許しも得ることなく奉行所の奥へ上がり込み、父忠之がいる部屋の障子の前に膝をついた。

「御奉行。夏木です」

「入れ」

「はは」

慎吾が障子を開けると、忠之は一人で書類に目をとおしていた。

鎖帷子と鎖鉢巻きの捕り物出役の身なりをしている慎吾を見た忠之は、盗賊を捕らえた労をねぎらったが、慎吾は話を切るように頭を下げて告げる。

「五六蔵の子分が殺されました」

忠之は表情を一変させた。

「まさか、雲の翔の仕業か」

「まだはっきりしませぬが、狙われているのは確かです。何とぞ、警固の再開をお許しください。おそらく下手人は、周囲の者を殺めて五六蔵を苦しめようとしているのではないかと思います」

忠之は眉間に皺を寄せて問う。

「与一の一味の生き残りが、時を経て江戸に戻り、五六蔵に復讐《ふくしゅう》していると申すか」

「かつて五六蔵が使っていた伊蔵も殺されましたから、そう考えて間違いないかと」

「いいだろう。田所に命じて、何名か差し向けてやる」

「ありがとうございます」

慎吾は、安堵して立ち去ろうとしたが、

「待て」

呼び止めた忠之が、険しい目を向けて言う。

「雲の翔を調べた。殺し屋としては一流だったようだ。また、頭も切れる男だったらしく、死んだというのも疑わしい。くれぐれも気をつけろ」

「はは」

慎吾は頭を下げて、忠之の部屋を辞した。

息子の背中を見送った忠之は、ため息をつき、襖に目を向ける。

「入れ」

声に応じて襖が開けられ、ばつが悪そうな顔をした田所が頭を下げた。

「いつからそこにいたのだ」

「はい、初めから……」

忠之は笑った。

「ならば話は早い。何名か、五六蔵の警固に向かわせよ」

「かしこまりました」

頭を下げる田所に、忠之が頭を下げる。

「慎吾のことを、くれぐれも頼む」

珍しく弱気な忠之に、田所は驚いて顔を上げた。

忠之は、慎吾が立ち去った障子に心配そうな顔を向けている。

「御奉行、いかがなされましたか」

「あやつめ、殺気に満ちておる」

「夏木が、でございますか」

「うむ。顔つきがようない」

忠之は、慎吾の心底を見透かしたように、嘆息を吐いた。

「五六蔵をはじめ、浜屋の者は慎吾にとって身内も同然だ。これ以上命を落とすようなことがあれば、慎吾は何をしでかすか分らぬ。そうならぬよう、目を光らせてくれ」

忠之にふたたび頭を下げられ、田所は息を呑んだ。それほどに、慎吾の様子が変わってしまっているということだ。

「かしこまりました。万事おまかせください」

五六蔵の命を狙う者を早々に捕らえると約束した田所は、同心たちを深川に走らせるため詰所に急いだ。

第三章　下手人の影

一

松次郎が殺された日から、慎吾は五六蔵たちを守るため浜屋に泊まっている。

また、忠之の命を受けた田所の采配で、浜屋の周囲には同心や小者が配置され、雲の翔が近づく隙間はない。

表を見ていた五六蔵は、朝飯をかき込んでいた慎吾の前に座り、自分たちを守ろうとしてくれる気持ちはありがたいが、と前置きして告げる。

「手前のことで、お忙しい旦那方の貴重な時を割くのはよろしくありません。江戸の安寧のためにも、どうかお役目に戻ってください」

「これは御奉行の命令でもあるのだから気兼ねするなよ。それより下手人のことだ。雲の翔は生きていると思うが、とっつぁんの考えを聞かせてくれ」

「信じたくはありませんが、与一の件に関わった伊蔵もやられましたからね」

五六蔵は求めるような顔を向ける。

「旦那」

「うむ」

「こうして家の中に引っ込んでいると、松次郎があの世で怒っている気がするんです。探索に出たいのですが」

「一刻も早く下手人を挙げたい気持ちはわかるが、動けば敵の術中に陥る気がする。雲の翔の仕業なら、このまま終わりはしないだろうから辛抱してくれ」

五六蔵は肩を落とした。

慎吾が付け足す。

「御奉行が月番になった南町に人相書きの男を捜すよう話を付けてくださったとの知らせが来た。下手人の影さえつかめぬあいだは、ここから出ないほうがいい」

五六蔵は納得できないような顔をしている。

「旦那、南町にとってこの件はよそごとだ。いつまで経《た》っても、らちがあきやせんぜ」

自らの手で松次郎の仇を見つけ出したいと願う五六蔵は、浜屋でじっとしていることが苦痛になりはじめている。それだけではない。松次郎と伊蔵の墓参もできぬとあって、気が滅入っているのだ。

しかし、これ以上の犠牲を出さぬためには、五六蔵をあきらめさせるしかない。何せ相手は、五六蔵を苦しめるために周囲の者を殺《あや》めているに違いないからだ。

慎吾は箸を置いて手を合わせ、五六蔵の顔を見た。

「下手人は、とっつぁんに相当な恨みを持っている。何をしてくるかわからぬぞ」

五六蔵は悔しそうな顔をした。

次は誰を狙《ねら》っているのかと考えてしまい、慎吾の心配は尽きることがない。いつどこから手を出してくるかわからぬため、人通りが絶える夜ともなれば、一時も気を抜くことは許されない。

いっそのこと、おれの組屋敷に来てはどうだろうか。

慎吾はそう思ったものの、すぐに考えを改めた。町方同心の組屋敷は、大名旗本屋敷のように警固が厳重なわけでもなく、造りは町家と大差ないのだから、忍び込む気になれば造作もないことだ。

同心仲間や、御用聞きや下っ引きまでが目を光らせてくれている時はいいが、北町奉行所の月番が回ってくれば、そうはいかなくなる。

慎吾は五六蔵を説得し、守りながら浜屋で暮らして南町からの吉報を待ったのだが、なんの知らせもないまま日が過ぎていった。

そんな中、浜屋に田所が来た。

「先日捕らえた盗っ人《ぬすと》一味の残党が、また徒党を組んで押し込みを働きやがった。南町の要請があり、そちらに人を回すこととなった。五六蔵、すまん」

五六蔵に頭を下げた田所は、慎吾に言う。

「お前も探索に回れ」

慎吾は焦った。

「そんな。命を狙われている五六蔵を見捨てるのですか」

「奴《やつ》らは連夜押し込みを働いているのだ。五六蔵とて元はやり手の同心だ。ここに籠もっている五六蔵に手を出せば、こちらの思う壺《つぼ》であろう。五六蔵、違うか」

「おっしゃるとおりです」

頭を下げた五六蔵が、慎吾に向く。

「旦那、罪のない者が死ぬようなことがあってはいけません。どうかお励みくださ
い」

「おれが戻るまで一歩も出ないと約束できるか」

「できます。そのかわりと言っちゃなんでやすが、お手伝いできない手前の代わり
に、伝吉を連れて行ってください」

廊下で控えていた伝吉が驚き、声をあげる。

「親分、何を言うんです。あっしが行ったら、誰が親分を守るんですか」

「おい、せっかく千鶴と水入らずで過ごそうってのに、邪魔するな」

表情をゆるめる五六蔵だったが、伝吉は聞かぬ。

「おいらは松兄貴と二人で、親分に付いていくと決めていたんだ。命を狙われてる
ってのに離れてたまるもんか。そんなことをしたら、松兄貴に申しわけねぇ」

「馬鹿野郎！　震えていやがるくせに、強がるんじゃねぇ」

五六蔵が怒鳴り、慎吾に両手をつく。

「旦那、このとおりだから、伝吉を連れて行ってください」

頭を下げられた慎吾は返答に困った。伝吉を連れて行けば、五六蔵と千鶴だけになるからだ。

考えた慎吾は、思いついた。

「とっつぁん。女将と伝吉と三人で奉行所に来てくれ。御奉行にお願いして守っていただく」

五六蔵は目を見張った。

「とんでもねえことを」

田所が賛同した。

「いや、いいと思うぞ。御奉行はきっとお許しくださるはずだ」

「なあとっつぁん、そうしてくれ」

慎吾は手を合わせたが、五六蔵は首を縦に振らなかった。

「手前も深川の五六蔵だ。このまま逃げるわけにはいきませんよ」

慎吾を睨《にら》むようにして、強い口調で言う五六蔵の意志は固い。

そこで慎吾は、このまま浜屋に泊まることに決めた。

「田所様、盗っ人一味は江戸のどこにいるかわかっているのですか」

「わからぬから、総出で探索に当たることになったのだ」

「では、このまま浜屋にいさせてください。探索はここから出ます」

「それはだめだ。本所と深川は南町が当たることになっている。お前はとにかく、わしと奉行所に戻れ」

　上役の命は拒めない。

　慎吾は五六蔵にじっとしているよう念押しして、田所に従った。

　ところが、奉行所に戻ってみれば、盗っ人一味の探索には出ず、田所から次々と仕事を回されて、文机《ふづくえ》に釘付《くぎづ》けになった。

「田所様、このような筆仕事は、わたしの役目じゃないでしょう。盗っ人の探索ができないじゃないですか」

　どっさり積まれた帳面にうんざりして言うと、田所が厳しい目を向けた。

「いいから、黙って仕事をしろ」

　そう命じて帳面に目を下げ、あとは何を言っても無視だ。

　これには、父忠之の想《おも》いがあることを、慎吾は知る由もない。

慎吾の人相が悪くなっていることを気にかけた忠之は、

「折を見て戻せ。当分のあいだ帳面仕事をさせ、奉行所で寝泊まりさせろ」

田所にそう厳命していたのだ。

書き物を続けた慎吾は、半刻《はんとき》（約一時間）もしないうちに筆を置いて、上座に訴える。

「田所様、探索に行かせてください」

「だめだ」

田所は、押さえつけるように言った。

慎吾は苛立《いらだ》って、思わず筆を投げた。

その荒い行いに、田所がちらりと目を向ける。

「慎吾、お前は同心の心得を忘れておるようだな」

「そんなことは――」

「ではなぜ、筆を投げた」

「それは、探索に行かせてくれないからです」

「その苛立ちが、同心の心得を忘れておる証拠だ。お前は、身内同然の松次郎を殺されて怒り、五六蔵を失いやしないかと焦っておる。そのようなことでは、冷静な目で人を見ることはできまい。探索に出たところで、思い込みで下手人と決めつけ、罪もない者を捕らえてしまうのが落ちだ」

「そんなことは、ありませんよ」

焦りなどない。慎吾はそう自分に言い聞かせたが、田所に嘘《うそ》は通じなかった。

「今日はもうよい。奉行所内の長屋に部屋を用意させたから、そこで寝ろ」

慎吾は驚いた。

「組屋敷に戻ります」

「それでは目が届かぬから言うておるのだ」

「急にどうされたのですか」

田所は横を向く。

「これはお前のためでもある」

「わたしが、松次郎を殺した下手人を斬るとでも思われているのですか」

「とにかく、今日は奉行所で寝ろ。盗っ人一味の探索に加えるかどうかは明日判断する。いいな」

「こんなことをして、五六蔵たちに何かあったらどうするつもりです」

「案ずるな。浜屋の見張りは残しておる。とにかく、今夜はここでゆっくり眠れ」

納得のいかぬ慎吾は、田所を睨んだ。

すると、田所が嘆いた。

「なるほど、御奉行がおっしゃるとおり、危ない顔をしておる」

「御奉行が、そうおっしゃったのですか」

「そうだ。鏡で自分の顔を見てみろ。殺気さえ感じるぞ」

慎吾は思わず顔を触った。

田所が言う。

「先ほども言うたように、その顔つきでは冷静な判断ができぬどころか、下手人を前にしたら斬りかねぬと心配されておられるのだ」

「御奉行が、そのようなことを……」

「五六蔵たちは、お前にとっては家族も同然。身内を殺められて、心静かにおれというのが無理な話だ。御奉行の許しが出るまで、外に出てはならぬぞ」

田所の言うことは、いちいちこころに響いてきた。松次郎が殺められてからというもの、夜は眠れず、下手人に対する怒りが収まらずにいたからだ。

慎吾は、この場は従うしかないと思い、頭を下げた。

立ち上がり、詰所から出ようとする慎吾を田所が呼び止める。

「慎吾」

「はい」

「わしの命に背いて深川へ渡れば、十手を取り上げる。このこと、ゆめゆめ忘れるでないぞ」

すべてお見通しだ。

慎吾は、観念して頭を下げた。

「竹吉《たけきち》」

田所が名を呼ぶと、詰所の土間に、田所の中間《ちゅうげん》をしている竹吉が入ってきた。

用を聞く顔をする竹吉に、慎吾を見張るよう命じた。

竹吉は意外そうな顔を慎吾に向けて、困惑した様子で田所に訊《き》く。

「何かの、ご冗談でございますか」

「冗談ではない。慎吾が一歩でも奉行所から出たら、すぐに知らせよ」

「かしこまりました」

頭を下げた竹吉が、慎吾に付き添う素振りをした。

胸のうちで舌打ちをした慎吾は、田所に背を向け、上目遣いに見る竹吉を睨むと、詰所から出て長屋に向かった。

与えられたのは、忠之の役宅に近い場所に建つ長屋の一室だ。

慎吾は竹吉に振り向き、手招きする。

立ち止まった竹吉が、何かよからぬ頼みごとをされるのではないかと、うたぐる目をして歩み寄った。

「竹吉」

「はい」

慎吾は上を指さした。

「見てのとおり、今にも泣きそうな空だ。ひと雨くるぞ」

「はあ」

竹吉は口をすぼめて、夕暮れの空を見上げている。

「おれはどこにも行かぬから、見張りなどせず帰って寝たらどうだ」

「それもそうでございますね」

言っておいて、竹吉はぶるぶると頬を揺らして顔を振った。

「と、とんでもないことです。旦那様の言いつけに背くことはできません」

どうでも朝まで見張るつもりらしい。

見張るといっても、長屋の周囲に雨宿りができるような気の利いた場所はない。

慎吾はどうするつもりかと気にかけたが、同時に、知ったことかと思い、戸を開けて部屋に入った。閉めようとしたのだが、竹吉が向かい側の長屋の軒先にしゃがんで膝を抱えるので、呆《あき》れてため息をつく。

「おいおい、朝までそうしているつもりか」

「こういうのは、慣れていますんで」

にこりと笑う竹吉の顔には、中に入りたいと書いてある。

慎吾はあからさまにいやそうな顔をして、またため息をついた。

「誰かに見られたら、おれがお前に仕置をしていると思われるだろう」

迷惑だと言っても、竹吉は動くつもりはないようだ。

慎吾は仕方なく、中へ入れてやった。

「旦那様、お帰りなさい」

声に驚いた慎吾は、わっと声をあげて振り向く。すると、下女のおふさが奥の部屋から出てきた。

「どうしてここにいる？」

「田所様に呼ばれましたから。もうすぐ夕飯の支度ができますからね」

「手回しのよいことで」

ぼそりとこぼした慎吾は、竹吉のぶんも頼むと言って座敷に上がり、羽織を脱いだ。

「作彦さんはどうされました？」

訊くおふさに、浜屋にいると答えた慎吾は、八畳の居間であぐらをかいた。

長屋といっても町の物とは違い、八畳一間と、六畳が一部屋。あとは、下男下女が寝泊まりできる小部屋もある。

程なく膳を調えたおふさが、箸を取る慎吾の顔をじっと見てきた。

「顔に何か付いているか」

鯖《さば》の身を口に運びながら問うと、おふさが言う。

「少しお痩せになりましたね。食べていないのですか」

言われてみれば、何を食べたか思い出せない。

「どうも、食べる気がしなくてな」

久しぶりに会ったというのに、慎吾はそっけなく応じる。

おふさは、下座で食事をとっている竹吉を気にした。

「あちらのお方は……」

「田所様の中間をしている者だ」

「竹吉と申します」

竹吉がぺこりと頭を下げた。

おふさが慎吾に訊く。

「どうして作彦さんじゃなく、田所様のご家来がご一緒なのですか」

「作彦は忙しいからだ。気にするな」

これまでなかったことだけに、おふさは不思議そうな顔をしている。

慎吾は、竹吉が見張りだとは言わずに食事を続けた。そして食べ終わると六畳間に入り、何をするでもなく仰向けに寝転んだ。

八畳間に座っている竹吉は、慎吾のことを気にしながらも黙っている。

そこへ、おふさが酒を持って来た。

「旦那様、熱いのをどうぞ。たまには飲んで、気分を変えてくださいな」

盃《さかずき》を渡して酌をするおふさに、慎吾は問う。

「おれの顔が怖いか」

「お痩せになったせいかしら」

やはりそうなのだと思う慎吾は、酒を飲んだ。

おふさがすすめる。

「竹吉さんもどうぞ」

「これはありがたい」

竹吉が遠慮なく盃を取り、一口飲んで旨《うま》そうな顔をしている。

二杯目を飲んだ慎吾は、盃を見つめた。

「腹にしみるな」

前に座ったおふさが、安堵《あんど》した顔つきになった。

あえてそうしているのか、話すことといえば、亭主の嘉八《かはち》が今何を売っているとか、買い物に行った時の人出の様子とかばかりで、お役目のことは何一つ訊かない。

自分を休ませようとしているのがわかるだけに、慎吾も、五六蔵たちのことをおふさに話さなかった。松次郎のことを話せば辛《つら》くなるので、話せないというのが正直な気持ちだ。

それでも慎吾は、おふさの話に付き合いながら、頭では、五六蔵たちのことを考えている。

こうしているあいだにも、浜屋に魔の手が迫っていないだろうか。

そう思うと、不安でたまらなくなる。

慎吾はふと、おふさに見つめられていることに気付いた。酒をすすめられて盃を向けもせず、考え込んでいたのだ。

「すまん、何を話していた」

「いいんですよ。旦那様、随分お疲れのようですね」

慎吾は酒を注《つ》いでもらい、一口飲んだ。

「ゆっくり眠ってください。そうすれば頭が冴《さ》えますから」

「そうだな。それには酒だ。竹吉、こっちに来い。一緒に飲もう」

酒に目がないという竹吉を相手に遅くまで飲み、夜が更けて寝床に入った。

二

慎吾が奉行所に軟禁された二日後、浜屋では、五六蔵と千鶴が皆を集め、又介を送り出すためのささやかな席を設けていた。

又介が下っ引きから足を洗うことになり、妻のおけいと義母を連れて深川を離れ、これまでのような露店ではなく、ちゃんとした楊枝屋を出すことが正式に決まったのだ。

店の場所は、深川から遠く離れた、増上寺《ぞうじょうじ》の門前だ。

大店を持つことを夢見て励んでいたはずの又介であるが、祝杯というわけにいくはずもなく、しめっぽい顔で盃を口に運んだ。

冷静な又介が涙を流したのを見た五六蔵は、可愛い子分の肩を抱き寄せた。

「おい、今生の別れのような面をするな。会おうと思えば、いつだって会えるんだからよ」

「でも親分、何もこんな時に……」

「いいじゃねぇか。おれはこのとおり、外に一歩も出られねぇんだ。何も心配することはないから、ここを出たら女房を幸せにすることだけを考えろ」

又介は、自分から店を出すと言ったのではない。五六蔵から暇を出されたのを機に、思い切ったのだ。

松次郎が殺されたことで、女房がいる又介に害が及ぶことがあってはならぬという五六蔵の配慮だというのはわかっている。わかっているが、又介は後ろ髪を引かれる思いなのだ。

「親分、どうあっても、手伝わせてもらえないのですか」

「八丁堀の旦那方が動いてくださっているんだ。安心して行け」

「でも親分」

「同じことをなんべんも言わせるんじゃねぇ」

又介に厳しい目を向ける五六蔵の横で、伝吉が寂しそうにうつむき、酒を舐《な》めている。

誰もが押し黙ると、妙に静かだった。

火鉢の炭が弾《はじ》けて火花が散り、五六蔵の袖に降り注いだ火の粉を千鶴が手で払った。鍋《なべ》の湯に浸《つ》けたちろりに手を伸ばし、伝吉に向ける。

「又介の祝い酒だよ。そんなに暗い顔をしないの」

「へい」

「ほら、みんな笑って」

千鶴は伝吉の湯呑《ゆの》みに酒を注いでやり、又介に向ける。

又介は素直に酌を受けると、満たされた酒を一気に飲み干した。

作彦も千鶴に注いでもらい、ゆっくりと飲んでいる。

その様子を、先ほどとは違う温かい目で見ていた五六蔵が、ふと、閉《た》てられている表の戸に目を向けた。

戸をたたいて訪《おとな》う声がしたのは、その時だ。

「誰だ、今時分に」

五六蔵がぼそりと言うと、伝吉が立ち上がり、土間に下りていった。

「どちら様で」

「夜分にすみません。安田屋でございます」

伝吉は五六蔵に顔を向けた。

安田屋の声を聞いて用件の察しがついた五六蔵は、困った顔をして、

「おれはもう寝たと言え」

小声で言うと、応じた伝吉が戸を開けずに伝える。

「あいにく、親分はもう眠っていますよ」

「ははぁ、さようですか。しかし、明日にはまた出かけなくてはなりませんので、一言だけごあいさつをさせてください」

伝吉がまた五六蔵に顔を向けてうかがいを立てた。

引き下がろうとしないので、五六蔵は仕方なく戸を開けさせた。

伝吉が心張り棒を外して潜り戸を開けると、手燭《てしょく》の明かりでもわかるほど青白い顔をした安田屋が入ってきた。

五六蔵が羽織っていた上着をなおして、いかにも起きて来たような恰好《かっこう》をして見せる。

上がり框《がまち》まで来た安田屋が両手をついて、大仰に頭を下げた。

「商いで江戸を離れていましたもので、ごあいさつが遅れました。松次郎さんは、

とんだことでございましたねぇ」

そう言いつつ、懐に手を入れた安田屋は袱紗《ふくさ》包みを出した。

「これは、些少《さしょう》でございますが」

袱紗のまま差し出す手を、五六蔵が押し止《とど》めた。

「こいつは納めてくれ、気持ちだけで十分だ」

「そのようなことをおっしゃらずに、受け取ってくださいまし。松次郎さんには、良くして……」

安田屋は声を詰まらせ、袖で目を押さえてむせび泣いた。大きな息をして気分を落ち着かせると、五六蔵にあやまり、機嫌をうかがうような顔を向けた。

「殺められたと聞きましたが、下手人はまだわからないので？」

「…………」

五六蔵は悔しそうな顔でうなずく。

「やはり、うちの番頭の息子を攫《さら》った連中の仕業でしょうか」

そう言った安田屋は、五六蔵たちが沈んだ顔をしているのを見回して、表情を暗くした。

「いつも笑いが絶えなかった浜屋さんが、こんなことになるなんて。親分さん、女《お》将《かみ》さん、もう宿を開ける気はないのですか」

　千鶴は五六蔵を見た。

　五六蔵はため息をつく。

「下手人を捕まえるまでは、そんな気にゃならねぇな」

「ごもっとも。余計な心配かもしれませんが、夏木様から手当をいただけないのに、宿を閉めたままどうやって食べて行くつもりです」

　頭の痛いことを言われた五六蔵は、いやな顔をした。

「まあ、なんとかならぁな。今は下手人のことしか頭にねえから、十手を匕首《あいくち》に持ち替えてでも、必ず松次郎の仇《かたき》を取ってやる」

　安田屋が身を乗り出した。

「わたしにも手伝わせてください」

　五六蔵は厳しい目をした。

「安田屋」

「はい」

「そう思うんだったら、気を遣うのはもうやめな。千鶴が縛られたのと、番頭の息子が攫われたのは関わりがねえんだ」

五六蔵は、伊蔵が殺されたことには触れなかった。

千鶴が続く。

「そうですよ安田屋さん。あたしが縛られたのは、この親分のせいなんですから」

「え？」

驚く安田屋に、千鶴は笑って言う。

「昔喧嘩《けんか》をしたことがある人が、ちょっと脅しにやっただけなんです。だからもう気にしないで」

安田屋は頭を下げた。

「そう言っていただけると、助かります。でもせめて、これだけはお受け取りを」

また袱紗を差し出して逃げるように帰ろうとした時、外で呼子の音が響いた。

音は近い。

潜り戸から出ていった伝吉がすぐ戻り、

「親分！　人相書きの野郎が現れたそうですぜ」

浜屋を警固していた連中が人相書きに似た男を追っているという。

五六蔵は草履をつっかけると、千鶴が止めるのも聞かず外に出た。

呼子の音を追って五六蔵も行こうとしたが、肩をつかまれて止められた。

止めたのは、ずっと警固をしてくれている同心だ。

「五六蔵、お前は動くな」

「清水《しみず》の旦那、しかし……」

清水はぬかりのない目つきであたりを見回し、

「いいから中に入れ」

押し込むと、共に中に入って戸を閉めた。

「人相書きに似た野郎は、ここの様子を探りながら、おれたちが見張っているかどうか確かめるような動きをしてやがった」

誰よりも安田屋が驚いた。

「それじゃやっぱり、松次郎さんを殺めたのは人相書きの男ですか」

「わからねぇ。他の者が捕まえようとしたら、野郎、嬉しそうな顔をして逃げやがった。何か企みがあるかもしれんから、気をつけるに越したことはねぇぞ」

伝吉が問う。

「清水の旦那、慎吾の旦那はどうなさっているので？」

清水はばつが悪そうな顔をして答えない。

五六蔵が問う。

「何かあったんですか？」

「慎吾は、奉行所から出してもらえない」

「ええ！」

どういうことだと、伝吉と又介が顔を見合わせた。

清水が言う。

「五六蔵とおんなじように、松次郎の死を悲しんでいるということだ。同心は、冷静な頭を失ったらおしまいだ。見えるものも見えなくなり、大きな過ちを犯す。まあ、頭を冷やせということだ」

「旦那の気持ちはよくわかりやす」

五六蔵はそう言った。

清水が言う。

「慎吾はしばらく深川に渡れぬかもしれんが、心配するな。おれたちが必ず、下手人を見つけ出してやるさ。すまんが女将、熱い茶を一杯入れてくれ」

清水はそう言うと、上がり框に腰を下ろした。

「では、わたしはこれで」

長居は無用とばかりに頭を下げた安田屋が、そそくさと帰っていった。

三

深川の空に半鐘の音が鳴り響いたのは、明け方のことだ。

五六蔵が目をさますと、いち早く動いていた伝吉が二階から下りてきた。

「親分、西の空が真っ赤です。山本町《やまもとちょう》あたりが燃えているんじゃないかと」

五六蔵は焦った。

「となると、風向き次第じゃここも危ねぇな」

千鶴が守ってきた浜屋を失う恐怖に襲われたのだ。

「又介の兄貴は、大丈夫ですかね」

「すぐ行け。近所の者も起こして回れ」

「がってんだ」

「待ちな。念のためにこれを持って行け」

五六蔵は十手を貸し与えた。

「親分、いいんですかい」

「くれぐれも気をつけろよ」

伝吉は嬉しそうに懐に入れて、外へ出ていった。

五六蔵は着替えをすませ、懐に匕首を忍ばせると千鶴と表に出た。

千鶴が腕にしがみ付く。通りが逃げる者で混雑していたからだ。

「五六蔵！　五六蔵！」

名を呼ぶ声に顔を向けると、向かいの町家の二階から顔を出した清水が、そっちへ行くまで動くなと言った。

言われたとおりにするつもりだったが、逃げる人で溢《あふ》れた通りを横切るのは至難の業だ。待っているうちに、五六蔵の目の前で人が倒れ、その上を人が踏み越えて行く。

「千鶴、すぐ戻るから中で待っていろ。作彦さん頼む」

作彦が応じて千鶴を守る。

「親分何をする気だよ」

「人を助けるだけだ」

恋女房を浜屋に残した五六蔵は、人混みに分け入り、倒れた者を助け出した。

「おい、しっかりしろ。立てるか」

身体《からだ》を踏まれた若い女は、辛そうに顔を歪《ゆが》めているが、幸い大きな怪我《けが》はなく、歩けると言う。

清水は、人の流れに押されてまだ動けないでいる。

そうこうしているうちに、西の空に火の手が上がるのが見えた。

「みんな焼け死んじまうぞ！」

誰かが叫び、逃げる人々から悲鳴があがった。

「親分！」

戻ってきた伝吉の後ろに、又介が女房と義母を連れて来ていた。

「ここも危ない。急いで逃げるぞ」

五六蔵は千鶴を迎えに戻り、手をしっかりにぎると、逃げる人の流れに乗った。

「おい！　五六蔵から目を離すんじゃねぇぞ！」

動けぬ清水が大声をあげた。

「がってんだ！」

応じた伝吉が作彦を五六蔵に向かって押し、又介に言う。

「兄貴はおっかさんと女房を離しちゃいけねぇぜ」

「おう」

女房と義母の手をにぎった又介は、五六蔵の背中を見逃すまいと、作彦と共にすぐ後ろをついてゆく。

火の手を恐れて逃げる人の流れは激しく、千鶴を抱き寄せて歩く五六蔵に続く作彦たちのあいだに次々と人が入り込み、思うように進めなくなり見る間に離された。

「親分！　親分待って！」

作彦が必死に叫んだが、五六蔵も立ち止まることができないらしく、人に押されて行く。そしてとうとう、見失ってしまった。

火事の時に五六蔵が逃げる場所は決まっている。

それを知る伝吉は、人をかき分けながら進み、洲崎弁才天《すさきべんざいてん》を目指した。

「どいてくれ！　親分を一人にしちゃならねぇんだ！」

三十間川に架かる汐見橋《しおみばし》は、我先に渡ろうとする人でごったがえしていた。だが、ここを渡らねば洲崎弁才天に行くことはできない。

火は空を赤く染め、火事を恐れる人は立ち止まろうとしない。

五六蔵と千鶴の姿はどこにもなく、焦る伝吉と作彦は、先へ急ごうともがいていた。その伝吉に声をかけて、袖を引っ張る者がいたので振り向くと、町人風の男が慌てた様子で言った。

「伝吉さんですか」

「そうだが、今急いでるんだ」

「今そこで、五六蔵親分さんが――」

悲鳴があがり、声がかき消された。

「聞こえねぇ！　親分がどうした！」

「大怪我をされたんです。誰かに斬られたそうで」

「なんだと！」

伝吉は愕然《がくぜん》とした。

「助けを求めてらっしゃいます。とにかく来てください」

「どこだ、早く案内しろ！」

伝吉は走る町人のあとを追った。

町人は人の流れに逆らって戻っている。伝吉と作彦はいつの間にか、五六蔵を追い越していたのだ。

親分は、この混乱の中で襲われたに違いない。

伝吉はそう思い、離された自分の間抜けさを呪った。

焦る気持ちを抑えながら、案内する男の背中を見失わないようについて行っていた伝吉は、塩屋の軒先を通り過ぎようとした時、突然横から現れた男にぶつかった。

「て、てめえは」

声をあげた伝吉が、ぶつかって来た男の腕をつかみ、目を丸くした。

「悪いのはおれじゃねえ。恨むなら、五六蔵を恨んでくれ」

男は声を震わせて言うと、腕をつかんでいる伝吉の手を離し、人の流れの中に姿を消した。

残された伝吉は、激痛に顔を歪め、脇腹に手を当てた。

「お、おや、ぶん」

声をあげた途端に足から力が抜けた。

倒れる伝吉を受け止めたのは作彦だ。

人に揉《も》まれて襲われたところを見ていなかった作彦は、刺されたと伝吉に言われて、腹に血の染みが広がるのを見て愕然とした。

「誰か！　誰か助けて！」

声をあげても、火事から逃げる者たちは誰も応じない。

「おいらはいいから、親分を捜してくれ」

伝吉はそう言うが、作彦は袖を引きちぎって傷口に当てて押さえ、助けを求め続けた。

「どうした！」

駆け寄ってくれたのは、清水だった。

「旦那、伝吉が刺されました」

「なんだと！」

清水は悔しがり、伝吉の傷口を見て顔をしかめ、大声を張りあげる。

「医者はおらぬか。いたら頼む！」

何度も繰り返す清水の声が届き、一人の若者が来てくれた。

医者だというその若い男は、伝吉の傷を診ると目を見張った。

「わたしには無理です」

清水は医者の胸ぐらをつかんだが、すぐに放して言う。

「華山先生のところに運ぶから、せめて死なないようにしろ」

応じた医者は、血止めにかかった。


火は幸いにも家を五軒焼いただけで消えたが、江戸の火事は、酷《ひど》い時は町を焼き尽くし、数千人の命を飲み込む大火になることがあるため、人々は恐れている。この夜は、大火事だと思い込んだ町の連中が我先に逃げたせいで大混乱が生じた。その中で命を落とした者もおり、門前通りには、群衆に押し潰されたり、踏みつけられたりして命を落とした者の骸《むくろ》が残っていた。

伝吉が浜屋に戻ってきたのは、翌日の昼前だった。

浜屋に戻っていた五六蔵と千鶴は、清水から一歩も出るなと言われて華山のところへ行けず、心配して待っていた。

清水に付き添われ、駕籠《かご》に乗って戻ってきた可愛《かわい》い子分の顔を見た五六蔵は、土間を這《は》うようにして近寄り、

「伝吉、心配させやがって」

抱き付いて声をあげて泣いた。

「親分、痛い、痛いです」

「親分、そんなに抱きしめたら伝吉が死んでしまうよ」

千鶴が背中をたたいて離し、伝吉は安堵《あんど》の息を吐いた。

「すまん、痛いか」

腫物を触るようにする五六蔵に、伝吉は笑顔で首を横に振る。

「とにかく横になれ。千鶴が一番いい部屋に布団を敷いているからよ」

駕籠かきにそのまま中に入るよう告げた五六蔵は、一階の奥の客間に案内し、駕籠から伝吉を降ろして寝かせた。

伝吉が落ち着いたところで、五六蔵は清水に頭を下げた。

「お助けくださり、ありがとうございやした」

清水は首を横に振る。

「命があったのは伝吉が強運の持ち主だからだ。華山が言うには、急所を外れたのは伝吉が咄嗟《とっさ》によけようとしたからだそうだ」

伝吉が言う。

「華山先生のおかげですよ。若い医者に無理だと言われた時は、死ぬかと思ったんですから」

清水が笑った。

「確かに、華山はいい腕をしている」

五六蔵が伝吉に問う。

「やった奴の顔を見たのか」

「見ました。人相書きの野郎に間違いありやせん」

「なんだと！」

「逃がしちまって、すみません」

「あの人混みの中でいきなりやられたんだ。お前があやまることはない」

「違います。親分が怪我をしたって声をかけてきた野郎を信じたおいらが馬鹿だったんです」

清水が伝吉の言葉に付け足す。

「人相書きの男が待ち構える場所まで、手引きした者がいたようだ」

五六蔵が伝吉に問う。

「その野郎はどんな男だ」

「どこかで見たことがある気がするんですが、思い出せやせん」

千鶴が止めに入った。

「親分、脂汗が浮いてきたから、もう休ませないと」

「おお、すまねえ。伝吉、ゆっくり養生しろ。何か思い出したら教えてくれ」

千鶴に汗を拭いてもらった伝吉は、恐縮した。

「女将さん、すみません」

「こんな時に遠慮なんかしないの。お粥《かゆ》を作ってくるから、大人しく寝ていなさいよ。清水様、今お茶を入れますから」

「いや、おれは持ち場に戻るからいい。伝吉、またな」

清水は軽く言い、見張りを続けるために出ていこうとしたのだが、五六蔵が呼び止めた。

「旦那」

「うむ？」

「甘えついでにお願いがありやす。又介を、増上寺の門前まで送ってやっちゃぁいただけないでしょうか」

「それでは、ここの守りが手薄になるぞ」

「手前は大丈夫です。伝吉が襲われたんで、次に狙われるのは又介じゃないかと。このとおり、おねげぇしやす」

五六蔵は両手をついて頭を下げた。

廊下にいた又介が言う。

「親分、こんな時に離れられません」

「おめえは何も言うな。せっかく夢に一歩近付いたんだ。店のことだけ考えてろ」

「だったら親分、慎吾の旦那がおっしゃったように、女将さんと伝吉を連れて奉行所に行ってください」

　清水がうなずく。

「五六蔵、又介の言うとおりだ。お前たちが奉行所に逃げてくれれば、おれたちは動きやすくなる」

「そう言えば、慎吾の旦那はどうされたのです」

　五六蔵が訊くと、清水がしかめっ面をした。

「奴は今日も奉行所にいるはずだ。伝吉のことを知らせに作彦を行かせたが、出してもらえるかはわからん。今頃は、歯がゆい思いをしているだろう」

　五六蔵は安堵した。

「慎吾の旦那はこのまま奉行所にいたほうがいいでしょう。昔の手前のようになっちゃいけませんからね」

「なんのことだ」

「いえ、たいしたことじゃ。それよりも、どうか又介をお願いしやす」

　清水は応じず言う。

「奉行所へ行かぬか。昨夜の火事は、お前たちをここから追い出すためにやったのかもしれんのだ」

五六蔵は目を見張った。

「ま、まさか」

「人相書きの野郎は人混みを利用して伝吉を襲ったとしか思えぬ。そのために火をかけたとなると、次はどんな手を使ってくるかわからんぞ」

五六蔵は、苦悶《くもん》に満ちた顔をした。

「だったら、なおのこと奉行所へは行けません」

「なぜだ」

「一連の仕業が雲の翔によるものだとすれば、手前が行けば、奉行所の皆様が狙《ねら》われるからです。野郎は、手前を苦しめるために周囲の者に手を出しているはずです」

清水もそう思っているらしく、否定をせず言う。

「又介を逃がすにしても、跡をつけられるかもしれんので舟で行ったほうがよかろう。手筈《てはず》はまかせろ。必ず逃がしてやる」

清水はそう言って、外へ出ていった。

表の戸口まで送った五六蔵は、上がり框《がまち》に腰かけてため息をついた。

お粥を持って伝吉のところへ行こうとした千鶴が、背中を丸めている五六蔵を見て歩み寄る。

「親分、少しは休まないと」

「どうやら、おれも焼きが回ったようだ」

「弱気になってどうするの」

「だってそうだろう。十手を預かる身でありながら、てめえを狙う者を捕まえもできねえ」

「親分……」

「伊蔵の忠告をもっと真剣に考えるべきだった。そうしていれば、松次郎も死なずにすんだんだ」

「今それを言っても、松次郎は戻ってこないんだから。親分がそうやって自分を責めたら、松次郎が成仏できないよ」

「腹が立つじゃねえか。おれに恨みがあるなら、何でおれを狙わねぇんだ」

「そうやって苦しめば、向こうの思う壺だよ」

「雲の翔め！」

五六蔵は上がり框を拳で打《ぶ》って怒りをぶつけた。

四

今日も詰所に閉じ込められて帳面に筆を走らせていた慎吾は、作彦から伝吉の怪我を知らされ、目をつむった。

慎吾が持っている筆が折れたのを見た作彦が目を見張る。

「旦那様、落ち着いてください」

慎吾は作彦に顔を向ける。

「伝吉は確かに、人相書きの男だと言ったのだな」

「はい」

慎吾は作彦の胸ぐらをつかみ、今にも殴りそうな顔で声を張り上げる。

「一緒にいたんだろう。どうして一人にしたんだ」

「慎吾！　やめろ！」

田所に一喝され、慎吾は作彦を突き離した。

作彦は平伏して詫《わ》びた。

「火事の騒動で、身動きが取れなかったのです」

「ええい！」

苛立ちを吐き捨てた慎吾は、刀掛けの刃引きを取り、腰に落とした。

田所が立ち上がる。

「おい、どこへ行く。待て！」

田所の声を無視して詰所から出た慎吾の前に、忠之が立っていた。伝吉が刺されたことを知って、慎吾の様子を見に来ていたのだ。

慎吾は頭を下げて言う。

「五六蔵と家族を迎えに行かせてください。必ず連れて来ます」

「いいだろう。急げ」

「はは」

慎吾は奉行所の門から出た。

詰所から追って出た田所が、忠之がいたのに驚いて頭を下げる。

「すぐに、連れ戻します」

「よい」

「はっ？」

「五六蔵を迎えに行くだけだ。作彦、慎吾を一人にするな」

「承知いたしました」

作彦は慎吾を追って走る。

やっと深川に渡れた慎吾は、ひっそりとした浜屋の戸を開けて中に飛び込んだ。

「とっつぁん！」

声に応じて、五六蔵が奥から出てきた。

「旦那、出られたのですか」

「伝吉の具合はどうだ」

五六蔵は穏やかな顔で応じる。

「若いですから、すぐ起きられるようになりますよ」

「そうか。すまなかった。おれが付いていれば、こんなことにはさせなかったんだ」

「おい慎吾、その言い方はまるで、おれたちが役に立っていないように聞こえるぞ」

　奥から出てきた清水が、不機嫌そうに言う。

「あの場にいなかったからわからんだろうが、お前がいたところで、結果は同じだ。野郎は、五六蔵たちを狙って火事を起こしたに違いないのだからな」

　五六蔵が続く。

「ですから旦那、自分を責めないでください」

「火付けまでするとは、卑劣なやりかただ」

　憤りを隠さぬ慎吾は、五六蔵に問う。

「又介はどうしている」

　これには清水が答える。

「心配するな。家族と共に、こっそり舟に乗せた。今ごろは、女房とおっかさんと一緒に、増上寺の門前に着いている頃だ」

　清水が懇意にしている船宿から出させているので、下手人にばれる心配はないと言う。

「それなら、一安心だ」

　慎吾は礼を言い、五六蔵に向く。

「とっつぁん、女将と伝吉を連れて、奉行所に来い」

　五六蔵は頭を下げる。

「千鶴と伝吉だけお願いします」

「一人で何をする気だ」

「人相書きの男を捜します」

「などと言って、囮《おとり》になる気か」

「なりやせんよ。とっ捕まえて、背後に雲の翔がいるのかはっきりさせます」

「血走った目をしやがって」

「旦那こそ、目の色が違いますぜ。御奉行様が心配なさるのも、無理はねぇや」

「馬鹿なことを言うな」

　慎吾は否定したが、五六蔵にも見透かされて慌てていた。伝吉まで襲われたと聞いた時から、復讐《ふくしゅう》のことばかりを考えていたからだ。ここに向かっている時、下手人を斬りたいという気持ちが己の中にあることに気付いていた。

中村夫婦と、身内同然の松次郎を殺され、伝吉が刺されたせいで、慎吾のこころの中にどす黒い感情が芽生えようとしている。

その危うさに勘付いた五六蔵は、探るように目を向ける。

「旦那は町方同心だ。人を斬っちゃいけませんぜ」

慎吾は、刀の鯉口《こいぐち》を切って刀身を見せた。

「このとおり、持っているのは刃引きだ。斬ったりはしない」

自分に言い聞かせるように告げると、五六蔵は安堵の表情をした。

慎吾が真顔で告げる。

「探索はおれたちにまかせて、来てくれ」

五六蔵は考えたが、慎吾に従うことにした。

「わかりやした。お世話になります」

「では今から行こう。伝吉には少し痛い思いをしてもらうが、早いほうがいい」

応じた五六蔵は、千鶴に支度をするよう言いつけた。

そして、日が暮れる前に浜屋を出た五六蔵たちは、慎吾と清水に守られて奉行所に入った。

三人のために用意された長屋に行くと、華山が待っていた。田所が伝吉のために手を回していたのだ。

駕籠で来た伝吉の傷が開いていないのを確かめた華山が、無理をしないよう告げて帰ろうとしたので、五六蔵は慎吾に言う。

「旦那、もう日が暮れますから、華山先生を送って行きます」

「いや、おれが行くからいい。とっつぁんは二人のそばにいてやれ」

五六蔵は笑って引き下がり、華山を門の外まで送った。

見えなくなるまで門前に立っている五六蔵に近づく者がいた。

気付いた五六蔵は、明るい顔をする。

「よう、福満屋の……」

男は神妙に応じる。

「手代の、幸助《こうすけ》と申します」

「前に会ったが、名を聞くのは初めてだったな。右兵衛さんは元気にしているか」

「おかげさまで。あるじの言伝を持って浜屋に行きましたところ、お出かけされるのを見て付いてまいりました」

声をかける機会を逃してどうしようか迷っていたところへ、五六蔵が出てきたと安堵する幸助は、深刻な面持《おもも》ちをしている。

「何かあったのか」

問う五六蔵に、幸助は門番を気にして一歩近づき、小声で告げた。

「旦那様が、奉行所の方々が捜されている人相書きの男の居場所をお教えします」

「何、ほんとうか」

「はい。以前ご一緒に来られた松次郎さんのことを知られた旦那様は、人相書きの男がやったに違いないと思われて、親分さんのために捜されていたのです。仇をお取りになりたいなら、手を貸すそうです。それともう一つ、雲の翔についてお教えしたいことがありますから、二人で会えないかとおっしゃっています」

「右兵衛さんは今どこにいる」

「人相書きの男を見張っておられます」

「案内してくれ」

応じた幸助は、先に立って五六蔵を導いた。向かったのは、上野の町中にある旅籠《はた》籠山仙《ごやません》だ。

旅籠の前に到着すると、

「五六蔵さん、こっちだよ」

声がしたので振り向くと、右兵衛が駕籠の戸を開けた。

手下の駕籠かきが頭を下げる。

五六蔵が歩み寄ると、右兵衛が神妙な面持ちで言う。

「松次郎さんは、気の毒でしたね」

「ああ、いい若者だった」

「まったく、惜しい人を亡くしました。お捜しの野郎は、あの部屋に潜んでいますよ」

右兵衛が指差したのは、通りに面した二階の部屋だ。

「福満屋に遊びに来たのを、うちの若い者が見つけましてね。見張らせておりましたら、深川に渡って、とんでもないことをやりました」

「見たのか、伝吉を襲うところを」

「いいえ。火付けですよ。そのあとは、逃げる者たちに紛れて見失いました。子分さんが、またやられたのですか」

「ああ。やったのは人相書きの男だ。伝吉が見ているから間違いない」

「とんでもない悪党だ。どうです。仇を討ちますか」

右兵衛はそう言うと、刀を見せた。

可愛い子分を想う五六蔵は、仇がいる部屋を睨み、刀をつかんだ。

右兵衛は何か言おうとしたが、控えていた男が遮り、駕籠を担ぎ上げた。

進む駕籠に、五六蔵は言う。

「右兵衛さん待ってくれ。雲の翔について教えてくれ」

駕籠が止まり、右兵衛が顔を出す。

歩み寄る五六蔵に、右兵衛は口を開いた。

「野郎は生きています」

「やはりそうか。どこにいる」

「今探っているところです」

右兵衛はそう言うと、駕籠を出した。

「恩に着るぜ」

五六蔵の声に返答はなく、幸助が頭を下げ、夜道を去る駕籠に付いて行った。

第四章　深い執念

一

旅籠の部屋の明かりが一つ消え、程なく、仇が潜んでいる部屋の明かりも消えた。

五六蔵は寝込みを襲うつもりで潜んでいたのだが、懐の十手の重みが足を止めていた。

恨みに我を忘れ、また人を殺めたら、生かしてくれた者たちへ恩をあだで返すことになる。

十手を預かる岡っ引きとして、少なくとも伝吉を襲った野郎をひっ捕らえる。

そう決めた五六蔵は、刀を置き、十手をにぎった。

旅籠の者が戸締りをしようとしている。

五六蔵は通りに出て、旅籠の者の肩をたたいた。

「御上《おかみ》の御用だ。入るが声を出すなよ」

黙って応じる旅籠の者に続いて中に入ると、土足のまま二階に上がった。

「五六蔵さん」

背後で名を呼ばれて振り向こうとした時、突然両腕を取られ、足を蹴られて倒された。

「な、何しやがる」

抗《あらが》う間もなく仰向《あおむ》けにされた五六蔵の腹に、浪人者が鞘《さや》の鐺《こじり》を突き下ろす。

呻《うめ》く五六蔵の口に、酒の徳利《とっくり》が突っ込まれた。

両手両足を押さえられ、抗うことができぬ五六蔵は、口に突っ込まれた酒にむせたが、どうしようもできなかった。

たっぷり酒を飲まされたが、潰れるような五六蔵ではない。

口から徳利を抜かれた刹那《せつな》、酒を吹きかけてやったが、抵抗はそれまでだった。

浪人者の刀で頭を打たれた五六蔵は、気を失ったのである。

どれ程時が過ぎただろうか。

五六蔵はふと、目を開けた。

蠟燭《ろうそく》の薄暗い明かりに、天井が照らされている。

天井には、どす黒い染みのような模様がある。

大量の酒のせいで何が起きたのか思い出せず呆然と見ていた五六蔵の頬に、天井の黒い染みから、何かが滴り落ちた。

頬を伝う冷たい物を拭ってみると、手が赤く染まった。

血だ――

そう思った五六蔵は身を起こした。

むっとするような臭いが鼻を突く。

首を転じて部屋を見回した五六蔵は、目を見張った。肩から胸にかけてばっさり斬られた人相書きの男と、襲ってきた浪人が死んでいたからだ。

いったい何が起きたのか五六蔵はわからなかった。立ち上がろうとして手をついた時、抜身の刀が転がっているのに気付いた。見覚えのある鍔《つば》は、亀の透かし彫り。右兵衛から受け取った物だ。

その刀は、血に染まっている。

五六蔵が自身番に知らせなければと思い立ち上がった時、襖の向こうから声がした。

「急げ！」

段梯子《だんばしご》を上がる音がして現れたのは、御用ちょうちんを持った捕り方たちだ。

見覚えのある顔が五六蔵を囲み、あとから来た清水が、倒れている人相書きの男と浪人を見て顔を歪《ゆが》め、五六蔵に厳しい目を向ける。

「五六蔵！　てめぇやりやがったな」

怒鳴る清水に、五六蔵は慌てた。

「旦那、違います。手前じゃありません」

「信じたい。だが、このありさまでは見逃すことはできん。お前が刀を持って押し入り、この者たちを斬り殺したと旅籠の者から知らせがあったのだ」

「それは違います！　手前はこの浪人に――」

「匂うぞ五六蔵。貴様、酒に酔った勢いでやったな！」

「違います清水の旦那。旅籠の者が嘘を言っているのです」

骸を目の前にしている清水は、十手を五六蔵に向けた。

「話は奉行所で聞く」

清水の指示に従った捕り方たちが、五六蔵の腕をつかんだ。

調べればわかることだ。すぐに疑いは晴れると思い、五六蔵は素直に従った。

階下に下りると、旅籠の者たちが恐れた顔で下がった。

五六蔵は、来た時に会った手代に声を張り上げる。

「おい！　浪人の仲間はどこだ！」

「そんな人はいません。酒に酔って、わたしを突き飛ばしたではありませんか」

「嘘を言うな！」

手代は悲鳴をあげ、他の者たちの背後に隠れた。

清水が旅籠の者に言う。

「あるじは誰だ」

すると、恰幅《かっぷく》がよくて優しい面持ちをした男が前に出た。

「手前、藤八《とうはち》でございます」

「あとで奉行所から呼び出しがある。そこの手代も、どこにも行かず待っていろ。

いいな」

藤八は神妙に頭を下げて応じた。

奉行所に連れ戻された五六蔵は、覚えていることをすべて話した。

だが、主張は聞き入れられなかった。

吟味方与力の堀本《ほりもと》は、裁きに私情を挟まぬ。白洲に座る五六蔵に糸のような目を向けて、

「この刀に、見覚えがないとは言わせぬぞ」

そう言うと、五六蔵の前に刀を置いた。

「貴様がこの刀を持ち歩いているところを、旅籠の泊り客が何人も見ておるのだ」

「そ、それは……」

五六蔵は、確かに人相書きの男を斬ろうとして刀を受け取った。そこを見られたのであれば、言いわけはできなかった。

堀本が問う。

「これは、お前が持っていた刀に相違ないな」

「ですが、斬ったのは手前じゃありません。浪人者にいきなり襲われて、気付いた

らあんなことに」

「あくまで、違うと言い張るか。ならば仕方ない。証人をこれへ」

堀本に応じた同心が、藤八と手代を連れて来た。

藤八は神妙に正座し、手代は怯《おび》えたような顔で五六蔵を見ている。

「藤八、見たことをもう一度話せ」

「はい。酒に酔って来られた五六蔵親分さんは、これにおります手代の将介《しょうすけ》に御上の御用だとおっしゃって強引に二階へ上がり、お客様に子分の仇だと叫ばれたのです。親分さんは酷《ひど》く恐ろしい顔をしておられましたから、手前どもは止めることもできず、ただただ、下で怯えていました。逃げて来られたお客さんが、親分さんが刀で人を斬り殺したと言われましたので、手代を自身番に走らせました」

「嘘を言うな！」

怒鳴る五六蔵に、将介がびくりとして怯えた。

「さてはお前ら、おれを嵌《は》めた野郎とぐるだな。そうだろう！」

藤八が頭を下げる。

「親分さんは、泥酔して覚えてらっしゃらないだけです。そもそも手前どもは、命より大事な商売道具の客間で二人も殺されたのです。悪い評判が立てば客が来なくなるというのに、どうして人殺しに手を貸すのです。親分さん、自分が可愛いからといって、手前に罪を擦《なす》り付けるのはおやめください」

「山仙の申すこともっともだ」

堀本が言い、五六蔵に厳しい目を向ける。

五六蔵は酒を飲まされ、頭を打たれて気を失ったと主張している。

いっぽう山仙の二人のうち特に将介は、五六蔵を見て震えている。その姿を見る限り、嘘を言っているようには思えなかった。

五六蔵は、己が信じられなくなった。酒を飲まされて気絶させられたが、そのあいだに酔いが回り、目をさまして暴れたかもしれないと思ったのだ。

与一に恨みを晴らしに行った時も、気が付けば血だらけの刀を持って立っていた。

五六蔵は、あの時のことを思うと己のことが信じられなくなり、自分が人相書きの男と浪人を斬ったのかもしれないと思い、押し黙った。

「我慢なりませぬ」

格子窓から白洲を見ていた慎吾が出ようとするのを、忠之が手を引いて止める。

「ここで出ても、なんの解決にもならぬ」

「ですが御奉行、五六蔵が……」

「言わずともわかっておる。お前は、密《ひそ》かに山仙を探れ」

慎吾は忠之の目を見た。

「御奉行も、山仙を疑っておられるのですね」

忠之は厳しい目をする。

「雲の翔が生きておるなら、裏で糸を引いておるはずだ。こころしてかかれ」

「承知しました」

行こうとする慎吾に、忠之が言う。

「雲の翔の仕業とわかっても、決して殺してはならぬぞ。法の裁きを受けさせるのだ」

慎吾は真顔で頭を下げ、立ち去った。

白洲が終わり、報告をした堀本に忠之は訊きなおす。

「牢《ろう》に入れるだと」

堀本は、残念そうな顔で頭を下げる。

「初めは否定しておきながら、今は覚えていないと申しております。山仙は、先月商売をはじめたばかりですから、たいそう腹を立ててございます。お目こぼしをすれば町の者たちが黙っておらぬでしょうから、罰が決まるまで入れたほうがよろしいかと」

「山仙の二人が申すことは、まことに信用できるのか」

「泊り客からも証言が取れておりますから、信用できるものと存じます」

「どうも解せぬ。五六蔵ほどの男が、己で斬っておきながら覚えておらぬだろうか」

「とぼけていると思われます」

「奴はそのような男ではない。やったなら、潔く認めるはずだ」

「泥酔していたせいでしょう」

堀本は決めつけた言い方をする。

「まあ、そう焦るな」

まだ調べる必要があると告げた忠之は、同席している松島に、慎吾を探索に出したと告げた。

「御奉行は、山仙をお疑いですか」

松島に訊かれて、忠之は答える。

「五六蔵は、気を失っていたと申したのであろう」

「はい」

「そこがどうも臭う」

「山仙の背後に誰かいるとお考えですか」

「そこのところを、夏木に探らせる。他の者にも手伝わせろ」

「承知しました」

松島は頭を下げ、改めて問う。

「御奉行」

「うむ」

「千鶴に、五六蔵を捕らえたことを知らせたほうがよろしいのではないでしょうか」

「すべて調べが終わるまで知らせず、このまま長屋におらせよ。皆にも、千鶴の耳に入れてはならぬと厳命せよ」

「かしこまりました」

松島は立ち去った。

「御奉行、こちらの証文に、花押を願います」

堀本は、五六蔵を例外なく小伝馬町《こでんまちょう》の牢屋に入れるべく、入牢《じゅろう》証文を差し出した。

証文に目を通した忠之は花押を書き入れ、差し出して告げる。

「岡っ引きの五六蔵が牢に入れば、どのような目に遭わされるかわからぬ。今からわしが申すとおりにことを運べ」

二

五六蔵の入牢が決まった頃、慎吾は作彦と共に、奉行所から出てきた山仙の藤八と将介の跡をつけていた。

月もない真っ暗な夜が慎吾と作彦に味方し、頼りない明かりのちょうちんを持っている藤八は、跡をつけられているのに気付いていない。

暗闇の中で揺れるちょうちんを目印に続いていた慎吾は、藤八が山仙ではなく、不忍池《しのばずのいけ》のほとりにある建物に入るのを見届け、作彦に告げる。

「お前は表を見張っていろ」

「旦那様は」

「庭があるようだから、裏から忍び込む」

「ここは、何ですかね」

慎吾はこの建物に覚えがあった。

「このあたりを牛耳っていたやくざが、妾《めかけ》を住まわせていた別宅だ。そのやくざは、近頃姿を消したと聞いている」

「山仙のあるじが買い取ったのでしょうか」

「どうも、悪の臭いがぷんぷんするな」

慎吾はそう言うと裏に回り、忍び込める場所を探したが、板塀が高く手に負えそうにない。

そこで思いついたのは、むささびの六助《ろくすけ》だ。五六蔵から、元一人働きの盗賊で、今は改心して生きている六助のことを聞いていた慎吾は、表に戻ると作彦を走らせ、見張りを続けた。

動きが何もないまま時が過ぎ、朝方になってようやく、作彦が戻った。

神妙な顔で頭を下げる六助に、慎吾が言う。

「作彦から話は聞いたか」

「聞きやした。五六蔵親分のためなら、なんだっていたします。この家を探ればよろしいので？」

「やれるか」

「おやすいご用です」

歩みを進める六助に付いて行くと、慎吾があきらめた板塀に身軽に飛び上がり、中に消えた。

作彦が感心する。

「むささびの六助とは、よく言ったものです」

「油断するな。中が騒がしくなったら踏み込むぞ」

「はい」

慎吾は裏木戸の前に移動して作彦に周囲を見張らせておき、戸に耳を当てて中の音を聞いた。

六助が出てきたのは、昼前だった。

作彦が走って行き、慎吾が潜んでいる木陰まで連れて来た。

「六助、青い顔をしてどうした。正体がわかったのか」

「中は二人じゃありやせんでした。ここに刀傷のある野郎と、他にも大勢おりやす」

額から右の頬にかけて指でなぞる六助は、心配そうだ。

慎吾は労《ねぎら》い、問う。

「何か聞けたか」

「朝飯を食いながら、牢屋のことを話しておりやしたが、はっきり聞き取れやせんでした。濡《ぬ》れ衣《ぎぬ》を着せられた五六蔵親分は、大丈夫でしょうか」

「作彦」

「はい」

「おれは御奉行に知らせに戻る。ここを見張っていろ。動きがあれば、行き先を突き止めるんだ」

「わかりました」

「旦那、あっしもお手伝いします」

慎吾は六助にうなずき、怪我をしないよう告げてその場を離れた。

急ぎ奉行所に戻り、忠之のところへ行こうとしたのだが、田所に止められた。

「御奉行なら登城されているぞ」

「こんな時に」

「何かわかったのか」

「山仙のあるじは、やはり五六蔵を貶《おとし》めた疑いがあります」

六助から聞いたことをそのまま伝えると、田所は渋い顔をした。

「牢に何か仕込んでいるなら、五六蔵が危ないぞ」

慎吾は驚いた。

「まさか、五六蔵を牢に送ったのですか」

「今朝方送り出した」

「そんな。五六蔵を恨んでいる奴は牢にもいるんですよ」

「御奉行が何か策を……。おい慎吾、待て」

慎吾は聞かず奉行所を飛び出し、小伝馬町へ走ったが、

「御奉行の榊原様に、中に入れぬよう命じられています」

牢屋敷の門番にこう告げられ、足止めされた。

「今朝送られてきた五六蔵の命が狙われているんだ。入れてくれ」

押し通ろうとしたが、中から番人が出てきてもみ合いになった。

三

朝から牢庭に繋《つな》がれ放っておかれた五六蔵は、表門の騒ぎが聞こえるはずもなく、大人しくしていた。

夜まで外に置かれているのかと思っていると、牢番が来た。

「立て」

厳しい声で命じられ、五六蔵は立ち上がった。

水も与えられず、日照りの下に繋がれていた五六蔵は、足がふらついた。

「さっさと歩け！」

後ろから棒で小突かれながら、やっとの思いで牢屋に入った。

「深川永代寺門前仲町《えいたいじもんぜんなかちょう》浜屋の五六蔵だ」

鍵役が牢内に声をかけると、

「おありがとうございます」

積まれた畳の上であぐらをかいている牢名主から返答がくる。

ふんどし姿で着物を抱えた五六蔵が中に放り込まれると、ぞろぞろと寄って来た
囚人に両手をつかまれ、

「さぁこい、さぁこい」

と声をかけられ、奥に引きずられた。

高く積まれた畳の下に連れて行かれると、上から牢名主が五六蔵を見下ろし、手下の男に顎で指図した。

すると、手下の男が五六蔵の前にしゃがみ、だみ声で告げる。

「つるは持って来たろうな」

地獄の沙汰《さた》も金次第というやつで、持ち込む金子の額によって扱いが変わる。五六蔵の着物には、田所の計らいで金一両が縫い込まれていた。それだけあれば、平囚人ではなく牢役人に格上げされる。

五六蔵は田所の計らいに感謝して、金子を差し出した。

小判を見た囚人どもから、どよめきがあがった。

手下が小判を牢名主に渡すと、

「おめぇは穴隠居だ」

名主の後ろに敷かれた畳に座るよう命じられた。

穴隠居とは、多額の金を持ち込んだ者に与えられる身分で、畳一畳を独占できる。一畳に八人詰で座らされている平囚人にくらべれば、随分優遇されたことになる。

五六蔵は牢名主の命に従い、奥の畳に行こうとした。すると、外側に整列して座らされている平囚人の中から声があがった。

「おかしら、こいつは岡っ引きですぜ。こいつに縛られて酷い目に遭わされた者は、この中にも大勢います。そんな野郎を、隠居にしてよろしいので」

すると、牢名主の男の顔色が変わった。

「岡っ引きか。そいつはいいや。おう、この新入り様を、たっぷりおもてなししな」

「へぇい」

答えたのは、二番役と言われる男だ。

二番役の男が手下の者に目配せすると、五六蔵は手足をつかまれ、身動きできなくされた。

「何しやがる」

五六蔵が力のない声で言うと、二番役の男は鼻で笑い、手に持っていた分厚い板を振り上げた。

背中を打たれた激痛に歯を食いしばって耐えた五六蔵だが、皆から寄ってたかって打ちのめされ、ついに悲鳴をあげた。それでも責めは止まらず、四半刻《しはんとき》（約三十分）もしないうちに半死半生にされたが、牢屋の番人は見てみぬふりをする。

痛めつけられる五六蔵を見てほくそ笑んでいるのは、五六蔵が岡っ引きだと教えた男だ。

牢名主が、その男を指差す。

「おい新入り、五六蔵に恨みがあるんだろう。ここへ来て打て」

「へえい」

立ち上がった新入りは、板棒を受け取ると、五六蔵のそばに来て耳元でささやく。

「与一様が、地獄で待っていなさるぜ」

もはや声も出せぬ五六蔵に嬉々とした目を向けた男は、板棒を振り上げたのだが、牢名主に止められた。

「口もきけなくなった野郎を打てば死んでしまう。お楽しみは取っておけ」

逆らえば自分がやられる。

男は舌打ちもせず従い、棒を置いて元の場所へ戻った。

板の間に放置された五六蔵が目を開けた時には、夜が明けていた。

起きようにも、全身の痛みで身動きできなかった。

運ばれて来た飯も名主に横取りされて、一滴の水も飲ませてもらえない。

平囚人たちは、今にも死にそうな五六蔵を横目に見ているが、救いの手を差し伸べる者はいなかった。

昼飯もなく、日暮れ時に配られた夕飯も、食うことはできなかった。

元より食欲などない五六蔵は、死んだように、横になっていた。

牢内にちょうちんを下げた人が入り、五六蔵の前に鍵役が現れたのは、夜も更けてからだった。

「五六蔵、客人だ。着物を着ろ」

起き上がれない五六蔵を見て、鍵役が手助けを命じた。

名主の命で二番役の男が手下を使い、五六蔵に着物を着させて水を飲ませると、牢の外に向かって正座させた。

それを見届けた鍵役が、平番に命じて客人を入れさせた。

五六蔵は、慎吾が来てくれたのかと期待したが、現れたのは、福満屋右兵衛だった。

縮緬《ちりめん》の着物を着た右兵衛の顔を見た五六蔵は、

「何だい、おめぇさんかい。相変わらず耳が早いな」

精一杯強がって見せた。

右兵衛は、神妙な面持ちで五六蔵を見ている。

五六蔵は、後ろにいる鍵役を睨み、右兵衛に言う。

「銭をにぎらせてまでおれに会いに来るとは、お前さんも物好きだ。差し入れでも持って来てくれたのかい」

「五六蔵さん、許してくれ」

右兵衛は両手をつき、頭を下げる。

五六蔵は、一つ息を吐いた。

「おれを嵌めたわけを聞かせてくれ」

「娘を人質に取られて、言いなりになるしかなかった。このとおり」

「やったのは誰だ」

「雲の翔だ」

「やはり生きていたのか。だとするとあやまらないでくれ。奴の狙いはおれだ。おれのせいで娘さんに怖い思いをさせちまった。無事なのかい」

「五六蔵さんがここに連れて来られたから、娘は返してもらった。だが、無実の証言はできない」

そう訴えた右兵衛の背後に、黒い人影が立った。

五六蔵が睨む。

「貴様が雲の翔か」

「わたしは、見届け役の貞光と申します。五六蔵親分、いや、元隠密同心の佐倉陣八郎が人殺しの罰を受けるのを見に来ました」

五六蔵は貞光を睨んだ。

貞光が笑みを浮かべる。

「死ぬ前に、いいことを教えてあげましょう。人相書きの男は、伊蔵の仲間です。中村の組屋敷に命の危険が迫っているのをお伝えしに行ったのはあの者ですが、翔様に捕まって、命ほしさになんでもすると言いましたもので、伝吉を襲わせ、親分を牢屋に入れるために働いてもらいました」

「松次郎も殺させたのか」

「ああ、あの人は、わたしがこの手で殺しました」

「この野郎！」

格子から手を出して貞光を捕まえようとしたが、逃げられてしまった。

「まんまと罠《わな》にはまってくれたおかげで、翔様から褒美をもらったよ。あとは、お前さんの死にざまを伝えるだけだ。どうだい、下手人にされた気分は。ああそうだ。二十年前に大勢を殺したんだから、聞くまでもないか」

五六蔵は、薄ら笑いを浮かべる貞光を睨んだ。

「てめぇ」

「いいざまじゃぁないか親分さん。薄汚くて臭い牢屋の中で苦しめられるお前さんの姿をありのままお伝えすれば、翔様は大喜びされるだろう。与一様も成仏なさる」

貞光が顎で指図すると、二人の囚人が五六蔵を格子に押し付けた。

五六蔵は振り払おうとしたが、痛めつけられたせいで腕に力が入らぬ。

「てめえら、翔の手下か。今なら許してやるから離せ」

声を張る五六蔵に対し、二人の囚人は鼻で笑った。

貞光は、馬鹿にしたような目で見下ろしている。

「随分威勢がいいが、お前さん、助かるとでも思っているなら、あきらめたほうがいい。牢名主は、翔様の息がかかった者だからね」

蔑んだように笑う貞光に、五六蔵は何もできない。

右兵衛は牢番に刃物を突き付けられ、動けないでいる。

五六蔵は渾身《こんしん》の力を振りしぼり、四人から逃れようとしたが、頭を格子に打ち付けられて朦朧《もうろう》とした。

「あの世に行って、与一様に詫《わ》びな」

貞光はそう言うと、牢名主に目配せをした。

ゆっくりと畳から下りた牢名主が五六蔵の横に来て、にこりと笑う。

「親分、棒で打たれて痛かったかい」

「てめえ」

「そう怒るなよ。そうでもしなきゃ、この新入りたちが本性を見せねえだろう」

五六蔵を押さえている二人は、他の四人たちに囲まれて驚いた顔をしている。

驚いたのは貞光も同じだ。

「おい熊平《くまへい》、何をしている。てめえ裏切るのか」

「悪く思うなよ貞光の。いかに雲の翔様が力を持っていてもな、天下の町奉行様に頼まれたんじゃ、いやとは言えねえや」

「何を言っている」

「五六蔵親分がとっ捕まる前の日に自訴して来るような間抜けな野郎を、御奉行が見逃さないわけはないだろうが。おかげで、おれまで目を付けられちまったってわけだ」

「お前、翔様に殺されるぞ」

「どうやって知らせると言うんだよ」

「何を」

「鈍い野郎だな。後ろを見てみな」

貞光が振り向いた時、右兵衛に刃物を突き付けていた番人が背後から首を手刀で打たれ、昏倒《こんとう》した。

現れたのは、忠之だ。

「話はすべて聞いたぞ。そのほう、覚悟いたせ」

目をかっと見開き、地獄の閻魔《えんま》のごとく恐ろしい顔をしている忠之が迫ると、貞光は下がり、懐から刃物を抜いた。

「やられてたまるかよ」

刃物の扱いに慣れている貞光は、右手を鋭く振るって一閃《いっせん》する。

引いてかわす忠之に対し、貞光は猛然と迫って刃物を突き出す。

右に足を引いてかわしざまに抜刀した忠之は、貞光の右腕を斬り落とした。

一瞬の出来事だ。

腕を失った貞光は目を見張り、遅れて襲ってきた痛みに悲鳴をあげて倒れ、地べたをのたうち回った。

奉行の厳しい仕置に息を呑んだ二人の仲間は、牢の奥に逃げようとしたが囚人たちに押し返され、格子に張り付けられた。

忠之が切っ先を向けて声を張る。

「熊平」

「へい！」

「雲の翔を恐れることはない。このけしからぬ二人をたっぷり可愛がってやれ」

「承知しやした。野郎ども」

「へーい」

格子から引きはがされた二人は奥に引きずられ、囲まれた。

「助けてください」

「このとおりです」

懇願する二人であったが、熊平の責めを受けて悲鳴をあげた。

忠之が控えている松島に目配せすると、松島はうなずき、手の者を連れて牢の中に入った。

忠之が言う。

「五六蔵、痛い目に遭わせてすまなかった」

「何をおっしゃいます。おかげさまで、疑いが晴れました」

「初めから、お前がやったとは思うておらぬ」

「おそれいりやす」

「歩けるか」

「へい。こんなのは、たいしたことはありやせん」

言いながらも足を引きずる五六蔵に、熊平が深々と頭を下げて見送った。

忠之は駕籠に五六蔵を乗せて奉行所に連れて帰り、千鶴に詫びた。

「五六蔵を頼む」

千鶴は慌てて平伏する。

「どうか、頭をお上げください」

「五六蔵」

「へい」

「松次郎を殺されて腹が立とうが、あとは慎吾にまかせろ。何も心配せずしっかり治せ」

五六蔵はうんと言わぬ。

「旦那の手伝いをさせてください」

「その身体では邪魔になるだけだ。女将、五六蔵を外に出してはならぬぞ」

「承知しました」

忠之はうなずき、長屋をあとにした。

外で待っていた松島が、頭を下げて言う。

「二人が口を割りました。雲の翔は、山仙の別宅におります」

「やはり山仙の藤八はぐるだったか。慎吾はどうしておる」

「牢屋敷に来ておりましたが、田所に藤八の居場所を告げて戻っております」

「しまった。気付かれれば慎吾が危ない。すぐ皆を集めて行け。そこに雲の翔がおるはずだ。一味を一網打尽にするのだ」

「承知いたしました」

松島は捕り方を集めに走った。

四

翔は、山仙の別宅に集めた者たちに江戸の裏の世を牛耳る話をしていた。

そこへ手下が来て、五六蔵が奉行所に運ばれたと告げる。

「しぶとい野郎だ」

翔が執念に満ちた顔でこぼすと、手下の一人が口出しする。

「御、御、御屋形様、五六蔵が牢屋を出たのなら、貞光がしくじったということです。ここが知られたかもしれませんのですぐ逃げましょう」

翔はその者を見て、表情を穏やかにして言う。

「貞光は、わしのための捨て駒よ。今から言うとおりにことを運べば、わしの下に付くのを躊躇《ためら》っている野郎も考えを改めるはずだ。そのためにも、次のしくじりは許されぬからこころして聞け」

皆を近くに寄らせた翔は、これからが本番だと前置きして、策を告げた。


別宅の見張りを続けていた慎吾は、たった今駆け込んだ男を見届けて作彦に言う。

「急に人の出入りが多くなったが、何かはじめるつもりだろうか」

「五六蔵親分が牢屋敷に入れられましたから、鬼の居ぬ間になんとかで、深川を手に入れるつもりじゃないでしょうか」

「五六蔵がやくざの大親分みたいな言い草だな」

「でも大きな存在です」

「まあ確かにな」

話を聞いていた六助が前に出る。

「旦那、中を探りやす」

「危ないからよせ」

慎吾が止めた時、表の木戸が開けられた。

六助の腕を引いて物陰に隠れた慎吾が見ていると、股引《ももひき》を穿《は》いて着物の裾を端折《はしょ》り、鉢巻きと襷《たすき》がけをした者どもが出てきた。

皆、刀を手にしている。

「作彦の読みが当たったぞ。奴ら、どこぞに斬り込む気だ」

あとから出てきた男に目を留めた慎吾は、皆に指図をするのを見て作彦に言う。

「顔に傷があるあの野郎が、雲の翔だろうか」

作彦がうなずく。

「五六蔵親分を恨んでいるとすれば、見た目の歳《とし》からしてそうではないでしょうか。意地の悪い、執念深そうな顔をしていますし」

「この機を逃す手はない。行った先で相手を襲ったところで、とっ捕まえるぞ」

作彦が驚いた顔を向ける。

「あの人数を相手に、三人だけでやるのですか」

「二人だ。六助は帰れ」

六助は真顔で言う。

「確かにあっしは喧嘩《けんか》はできませんが、何か手伝わせてください」

「では付いて来い。奴らの行き先を突きとめたら伝令で走ってもらう」

「承知しやした」

慎吾は二人を連れてあとを追って走った。一味は深川に行くのかと思えばそうではなく、城のほうへ向かう通りへと曲がってゆく。

作彦が背後から声をかけてきた。

「奴ら、いったいどこへ行く気でしょうか」

「方角からして、日本橋《にほんばし》か京橋《きょうばし》だ」

「まさか、押し込みでもする気でしょうか」

「となると、近頃の押し込みはこいつらかもしれん。力を付けるための軍資金を手に入れるつもりかもな」

慎吾はさせてなるものかと気合を入れ、気付かれないようあいだを空けて走っていたのだが、一味は辻《つじ》を曲がり、神田川《かんだがわ》に架かる橋を渡ったところで川岸に止まり、暗闇の中に潜んだ。

慎吾は橋を渡らず、対岸から様子を探る。

六助が小声で言う。

「仲間を待つつもりでしょうか」

「黙って見ていろ」

慎吾がそう返した時、一つ向こうの橋を渡る明かりの列が見えた。

目がいい作彦が言う。

「あれは奉行所のちょうちんです」

隊列は長く、陣笠《じんがさ》を着けた与力も何人かいる。

「総がかりだぞ」

慎吾が一抹の不安を覚えていると、奉行所の捕り方が総がかりで町中を移動するのを見届けた一味が動きだした。

慎吾が追って橋を渡った時、欄干の陰からいきなり斬りかかられ、咄嗟《とっさ》にかわして地面を転がった。

黒装束に身を包んだ曲者《くせもの》が迫り、刀を突きおろす。

慎吾はさらに地面を転がってかわし、作彦が曲者の背後から万力鎖を投げた。

鎖は曲者の足に巻き付き、動きを封じる。

そのあいだに立ち上がった慎吾は、刃引きの刀を抜いて対峙《たいじ》した。

鎖に右足を取られている曲者は引っ張られて倒れそうになるも、力に抗わず作彦に向かう。

不意の攻撃に作彦が目を見張る目の前で、曲者は気合をかけて刀を振り上げ、打ち下ろそうとしたのだが、背後から迫る慎吾の一刀を受け止めて押し返し、商家の壁に背を向けて下がる。

作彦が万力鎖を力いっぱい引き、右足をすくわれて曲者は倒れた。

慎吾が取り押さえようと近づくと、刀を振り回して抵抗する。

両足を開いて低く構えた慎吾は、一足飛びに間合いを詰めた。そして、足を狙って振るわれた曲者の刀を弾《はじ》き返し、

「えい！」

刃引きの刀を打ち下ろす。

腕の骨が折れる音と共に、曲者が刀を放してのたうち回った。

そこへ作彦が飛びかかり、手慣れた様子で縄を打つ。

慎吾は、作彦が地べたに座らせた曲者に厳しく問う。

「一味はどこへ行った」

「ふん」

慎吾は横を向く曲者の折れたほうの腕をつかんだ。

激痛に悲鳴をあげる曲者に告げる。

「訊いたことに答えないと、二度と腕が動かぬようにするぞ」

「言う、言います」

「隠れ家の前で指図をしていた野郎は雲の翔か」

「そ、そうです」

やはりそうかと胸のうちで舌打ちをした慎吾は、厳しく問う。

「奴らはどこに行った」

「旦那、おれは銭で雇われただけだ。勘弁してください」

「いいから言え！」

「痛ぇ。痛ぇよ旦那。勘弁してください」

仲間が遠ざかる時を稼いでいるのだと察した慎吾は、男を突き離して脇差《わきざし》を抜いた。

作彦が声を張る。

「旦那様、殺したらいけません」

「言わぬこいつが悪い」

慎吾が怒りに満ちた目を向けて脇差を振り上げると、男は叫んだ。

「北町奉行所です！」

慎吾は愕然とした。

「しまった。六助！」

「へい！」

「捕り方はまんまと奉行所から離された。急いで追え。奉行所が危ないと伝えるのだ」

走る六助を見た慎吾は、奉行所に向かった。


一足先に北町奉行所に到着した翔は、門番を捕らえて刀を突き付けた。

「五六蔵がいるのはわかっている。場所を言わなければ首を刎《は》ねるぞ」

皮一枚を切られた門番は、命ほしさに口を割った。

柄で頭を打って気絶させた翔は、開けたままになっている門から入り、五六蔵がいる長屋に走る。

詰所の戸が開き、留守番をしている同心が出てきた。

翔はその同心には目もくれず走る。

「おい！」

同心は声をかけたが、背後から口を塞がれ、詰所に押し込められた。


命の危機が迫っているとは思いもしない五六蔵は、横になって身体を休めていた。

千鶴が外の物音に気付いて行こうとした時、外障子が荒々しく開けられ、一味が押し入ってきた。

咄嗟に千鶴の腕を引いてかばう伝吉の前に、顔に傷痕がある男が歩み出る。

「てめえら、どうやって入った」

声を張り上げる伝吉だったが、横手から迫った手下に頭を棒で打たれ、昏倒した。

「伝吉！」

倒れるのを受け止めた千鶴が、賊どもを睨む。

「何すんだい！」

顔に傷痕がある男が千鶴の髪をつかみ、

「邪魔だ」

気絶している伝吉ごと引き倒すと、殺気に満ちた目を座敷に向ける。

五六蔵はぴんときた。

「てめえが雲の翔か」

翔は薄い笑みを浮かべる。

「どうして今さら、と言いたそうな面をしているな。御屋形様が、おめぇの首を取れと夢枕に立つから、成仏してもらうために来たというわけだ」

五六蔵は睨む。

「与一は、殺されて当然の野郎だ」

「まあ、そうだろうな。わしらは、そういうことをして生きているのだから当然だ。だが、おめぇが生きていると知って見逃したんじゃ、雲の翔の名が廃《すた》る。江戸で仕事の手を広める邪魔にもなるから、死んでもらうぜ」

「この命はくれてやる。女房と手下だけは生かしてやってくれ」

「親分」

「言うな千鶴」

翔は愉快そうに笑った。

「歳を食っているが、なかなかいい女じゃないか。二十年前、てめぇの女が御屋形様にあんな目に遭わされたというのに、懲りずに女房をもらうとは馬鹿な野郎だな」

「頼む。女房に手を出さないでくれ」

「そいつは聞けねぇな。夫婦仲よく、御屋形様のところへ送ってやる」

翔が刀を抜いた時、外が騒がしくなった。

手下が二人倒され、現れたのは忠之だ。

たった一人で来た忠之は、刀の切っ先を翔に向ける。

「奉行所に押し入る度胸は認めてやるが、生きて出られると思うな」

横手から斬りかかった手下の刀を弾き上げて峰打ちに倒した忠之は、翔に告げる。

「今すぐその二人から離れるなら、罪一等を減じてやろう」

翔は笑い、伝吉をかばう千鶴に刀を向ける。

「弱みを明かすとは愚かな奴だ。この二人を殺されたくなければ、刀を捨てろ」

「愚か者め」

忠之は刀の峰を返し、刃を下に向けて斬る構えを見せる。

翔は動じるどころか、したり顔をした。

「ただ仇の命ほしさに押し入ったわけではない。奉行である貴様の首を取り、わしに逆らえばどうなるか、裏の世で生きる者どもに知らしめてやるためでもある」

「ならば、かかって来い」

「いいだろう」

翔は言うなり、猛然と迫る。

動こうとした五六蔵に手下どもが刀を突き付ける中、翔と忠之は激しく刀をぶつけ、互いに一歩も引かぬ。

険しい顔の忠之に対し、翔は余裕の表情だ。

忠之が打ち下ろした刀を片手で受け止め、押し返して鋭く一閃する。それは一瞬だった。忠之の着物の袖が割れて垂れ下がり、あらわになった腕から血が流れ落ちた。

「御奉行！」

叫んで出ようとした五六蔵を、手下が刀で制す。

五六蔵はその者から刀を奪おうとしたが、牢屋で身体を痛めているため思うように身体が動ず、蹴り倒された。

腕に傷を負った忠之は、翔を睨んで下がる。

余裕の翔が、刀を向けて笑った。

「貴様と佐倉の首を取れば、御屋形様も成仏できる」

笑顔から殺気に満ちた表情になった翔が刀を振り上げたその時、十手が風を切って飛んできた。

いち早く気付いて打ち落とした翔は、迫る慎吾に刀を向け、忠之を横目に下がる。

忠之が慎吾を見て不服そうな顔をする。

「遅いぞ」

「申しわけありません」

詫びた慎吾は、怪我をしている父をかばって立ち、正眼の構えで翔に向く。

「てめえの悪事もここまでだ。覚悟しろ」

「ふん。この雲の翔に敵《かな》う者など、町方におらぬ」

「試してみろ」

天真一刀流免許皆伝の気迫に、翔は笑みを消した。右手に刀を下げて迫り、無言の気合をかけて打ち下ろす。

受け流した慎吾は、翔の肩めがけて打ち下ろすも、弾き返された。

その力強さは、翔がただならぬ遣い手だと知らしめる。

それでも慎吾は怯まず、猛然と出る。

「えい！」

渾身の袈裟《けさ》斬りを右手のみで受け止めた翔だったが、慎吾に力を込めて押され、たまらず両手で押し返そうとした。だが、首に刃引きの刀を当てられた。

「こいつが真剣なら、お前は今頃血だらけだぞ。観念しろ」

慎吾はそう言ったが、翔は押し返して斬りかかる。

刀を受け流した慎吾は、刀身を大きく振るって翔の肩を打った。

呻いた翔が下がるのを追う慎吾は、もう一撃肩に食らわせると見せかけ、胴を打つ。

身体を屈折させて下がった翔が、恨みに満ちた目を慎吾に向けた。

「おのれ！」

叫んで刀を振りかぶった翔の間合いに飛び込んだ慎吾は、刀で胴を打ち抜ける。

刃引きされていても、肉厚の刀身だ。まして慎吾に腹を打たれて立っていられるわけもなく、翔は血反吐《ちへど》を吐いて倒れた。

翔を倒した慎吾から怒りに満ちた目を向けられた手下どもは、一目散に逃げようとした。

その行く手を、寄り棒を持った作彦が止め、六助が呼び戻した捕り方が押し寄せた。

松島が命じる。

「一人残らず捕らえよ！」

おう、と応じる捕り方たち。

一味は恐怖に顔を引きつらせ、己の身可愛さに五六蔵を人質に取ろうと刀を向けた。

覆面をした男が告げる。

「一歩でも近づけば五六蔵を斬るぞ」

慎吾はその男を睨む。

「山仙の藤八。そのへっぴり腰で斬られるほど、とっつぁんはやわな男じゃないぞ」

見抜かれた藤八は覆面を捨てた。

「何を言いやがる。そこをどけ。どかねえと……」

「うわ！」

突然声をあげた仲間を見た藤八は目を見張った。五六蔵が素手で刀をつかんでいたからだ。

五六蔵は怒りに満ちた顔で手下から刀を奪い、藤八に迫る。

「許さねえ」

「慎吾！　止めろ！」

忠之の声ではっとなった慎吾は、五六蔵を止めに走る。

怯えて腰を抜かす藤八の前を通り過ぎた五六蔵は、倒れて呻いている翔の前に行き、目を血走らせて刀を振り上げた。

誰もが斬ると思ったその時、五六蔵の後ろから千鶴が抱き付いて止めた。

「親分、昔に戻るつもりかい」

この一言で我に返った五六蔵は、目に涙を浮かべて叫んだ。

「松次郎!」

千鶴が五六蔵に言う。

「松次郎だって、親分に仇を殺してほしいなんて願っていないはずだよ」

刀を捨てた五六蔵は、千鶴の前で両膝をついてうな垂れ、むせび泣いた。

翔は五六蔵を睨んでいたが、また血反吐を吐き、気を失った。

「神妙にしろ!」

松島が怒鳴り、逃げ道を塞がれた一味の者たちは観念して武器を捨てている。

慎吾は忠之のところへ行き、腕の傷を診た。

「ただのかすり傷だ」

忠之はそう言うが、血が止まらない。

「こいつは縫わなきゃだめです」

「おい、何をする。皆が見ておる離せ」

慎吾はいやがる父を無理やり背負って立ち上がり、五六蔵に言う。

「とっつぁん、おれが戻るまでそこで大人しくしていろよ」

涙にくれる五六蔵の代わりに、千鶴がうなずいて応じる。

奉行所から出た慎吾は、誰もいないのを見て言う。

「父上、走りますからご辛抱を」

慎吾は腕に深手を負った父を心配して、華山の診療所へ急いだ。

「慎吾」

「はい」

「五六蔵は辛い過去があるが、よき伴侶に恵まれておるな」

「わたしもそう思います」

「お前もそろそろ身をかためぬか」

「父上、しゃべられては傷に障ります」

「こやつ、はぐらかすな」

返事をしない慎吾に忠之は笑い、真顔になって言う。

「これからも、五六蔵と共に江戸の町を頼むぞ」

「承知いたしました」

「慎吾」

「はい」

「腕が痛い。急げ」

「はは」

忠之は慎吾の背中で揺られながら、息子の頼もしさに頬をゆるめている。

——本書のプロフィール——

本書は、二〇一三年三月徳間文庫から刊行された『春風同心家族日記　復讐の渦』を改題、改稿したものです。

小学館文庫

春風同心十手日記《はるかぜどうしんじってにっき》〈五〉
深《ふか》い執念《しゅうねん》

著者　佐々木裕一《ささきゆういち》

二〇二三年四月十一日　初版第一刷発行

発行人　石川和男
発行所　株式会社　小学館
〒一〇一-八〇〇一
東京都千代田区一ツ橋二-三-一
電話　編集〇三-三二三〇-五九五九
　　　販売〇三-五二八一-三五五五
印刷所———中央精版印刷株式会社

この文庫の詳しい内容はインターネットで24時間ご覧になれます。
小学館公式ホームページ　https://www.shogakukan.co.jp

ISBN978-4-09-407242-6